せっかく侍女になったのに、奉公先が元婚約者（執着系次期公爵）ってどういうことですか

～断罪ルートを全力回避したい私の溺愛事情～ 2

瑞希ちこ

STARTS
スターツ出版株式会社

目次

せっかく侍女になったのに、奉公先が元婚約者(執着系次期公爵)って
どうういことですか～断罪ルートを全力回避したい私の溺愛事情～2

特別書き下ろし番外編

俺様な次期公爵
クラウス
・シュトランツ
謙虚な侍女に大変身した
ユリアーナに心奪われ、
彼女を専属侍女にして溺愛中。
隣国アトリアへの留学が決まり、
ユリアーナとふたりきりの甘い生活を
楽しみにしていたけど…？
侍女になった悪役令嬢
ユリアーナ
・エーデル
大精霊から授かった特別な能力
「修復ギフト」を持つ。
断罪してくる張本人・クラウスからの
溺愛に戸惑い逃げ回っていたけれど、
最近は彼の重めな愛情表現に
絆され気味!?
アトリアの精霊
ティモ＆ティム
森の木に宿る精霊の女の子・
ティモと、湖の精霊ティム。
アトリアを訪れる人々を出迎え、
「幸せのメッセージ」を
贈る。
前回までのあらすじ
恋愛小説の悪役令嬢に転生した
ユリアーナ。破滅を回避するため侍
女になると、奉公先はなぜか元婚
約者・クラウスのお屋敷で!?　しか
も、嫌われていたはずの彼に溺愛
モード全開で迫られ大混乱！　戸
惑いつつも最近は彼の愛情を信じ
られるようになってきたけれど…？

せっかく侍女になったのに、奉公先が㊁婚約者〈執着系〉次期公爵ってどういうことですか 2

断罪ルートを全力回避したい私の溺愛事情

Character Introduction

紳士な王子
コンラート

留学先である「アトリア魔法学園」の生徒会長でアトリア国の第二王子。完璧なビジュアルと穏やかな性格で女生徒から大人気。

あざとい令嬢
マリー

広大な土地を所有する伯爵家の令嬢で、魔法学園の副生徒会長。小動物のようなかわいい見た目に反し、苛烈な性格のようで…!?

マリーの侍女
クラーラ

気弱で不器用ゆえ、主人のマリーにきつく当たられている。落ち込んでいたところをユリアーナに励まされ、侍女友達になる。

エルムの国の人々

リーゼ 聖なる魔力のギフトを持つ正ヒロイン

マシュー 豪快な性格をしたクラウスの親友

エディ リーゼの執事でユリアーナに恋心を抱く

ニコル 侍女仲間で、ユリアーナのよき相談相手

ティハルト ギフト能力を授ける大精霊

せっかく侍女になったのに、奉公先が元婚約者（執着系次期公爵）ってどういうことですか

～断罪ルートを全力回避したい私の溺愛事情～2

1 新ルート突入⁉

「やっと人目のないところでふたりきりになれたな。ユリアーナ」

後ろから私を抱きしめて、肩に顔を埋めるクラウス様。

――お茶を淹れていただけなのに、どうしてこうなったのか。

「な、なに言って」

「ずっと君に触れたくてたまらなかった」

「そんなの知りません……！　お茶を淹れられないので離してくださいっ……！」

「お茶なんてあとでいい。今はユリアーナを堪能したいんだ」

抱きしめる腕の力は強められ、密着度もどんどん高まっていく。同時に、私の心臓が物凄い速さで脈打ち始めた。

……これが彼の言う〝堪能〟ならば、一刻も早くやめてもらいたい。これじゃあ、侍女の仕事なんてできるはずがない。

「ひゃっ！」

クラウス様がぐるりと私の身体を回転させる。自然と至近距離で見つめ合う形になってしまい、私はたじろいだ。

「クラウス様、ち、近いです」

「昔は君のほうからこうやって迫ってきたじゃないか」

それは、記憶が戻る前のユリアーナなのっ！

慌てる私を見て、クラウス様は憎たらしいほど楽しそうな笑みを浮かべている。

「なぁユリアーナ。三か月間ふたりで暮らせるなんて、幸せすぎると思わないか？」

クラウス様は私の腰をぐいっと引き寄せて、熱のこもった瞳で私を見つめた。

「……ユリアーナ」

耳元で愛おしげに名前を囁かれ、全身が震える。切れ長の金色の瞳から目を逸らしたいのになぜか逸らせない。

……私、無事に帰れるかしら。

これから三か月、私は彼以外に知り合いのいないこの国で、侍女ライフを送らなければならないというのに――。

前世の記憶を取り戻し、悪役令嬢をやめて侍女になった私は、変わらずシュトランツ公爵家で侍女ライフを送っていた。そう、元婚約者、クラウス・シュトランツの専属侍女として。

「ユリアーナ、ただいま」

「……おかえりなさいませ。クラウス様」

「ユリアーナ、少し大事な話があるんだ」

学園から帰ったばかりのクラウス様にお茶を用意していると、いつもはすぐに脱ぐブレザーを着たまま、クラウス様が神妙な面持ちでそう言った。

「大事な話？　なんですか？」

「実は……」

間を取られると、緊張感が増すのでやめてほしい。

なにを言われるのか、私はドキドキしながら次の言葉を待つ。

「来週から隣国アトリアの魔法学園に、留学することになったんだ！」

真面目な表情から一変し、クラウス様は笑顔で私にそう言った。

「……え、えぇ⁉」

「正式に決まったようでね。突然だけど、そういうことだから」

「いや、突然すぎてちょっとよく意味が……」

言われるのも突然だったけど、来週ってすぐじゃない！

私が呆気に取られているのをよそに、クラウス様はばさっとブレザーを脱ぐと椅子に座って優雅にお茶を飲み始めた。

「はぁ。ユリアーナが淹れるお茶は、世界でいちばん美味いな」

何十回と聞いたその言葉が、今日だけはよく頭に入ってこなかった。動きも思考も停止している私を見て、クラウス様が「どうしたんだ？」と笑う。

「どうしたっていうか、もっとちゃんと説明してほしいのですが……」

いつどこに行くのかはわかった。でも、どういう経緯で、いつ戻ってくるのか。その間、私の仕事はどうなるのか。ほかはわからないことだらけである。

それにクラウス様が留学するなんて、当然小説ではありえなかった。ここまできたらもうなにが起きても仕方がないが、原作とかけ離れすぎて逆に大丈夫なのかと心配になるくらいだ。

「ああ、留学のことか？　少し前から、そういった話は出ていたんだ。成績優秀な俺に、是非一度アトリアの学園に来てほしいって話がね。だけど生徒会の仕事もあるし……卒業間近で留学するのもなって悩んだんだが……」

悩んだ末、人生経験のためにも三か月だけ行くことを決めた、とクラウス様は言った。

「俺の代わりに、リーゼがしばらくは会長を務めてくれることになったんだ」

「そうですか。リーゼ様なら安心ですね」

「マシューにもサポートを頼んでいるしな」

――それじゃあ、来週からクラウス様は。

留学の話をやっと現実的に捉えることができたと同時に、なんだか胸がもやっとしたが、私は気づかないふりをして、黙ってお茶のお代わりを注いだ。


そして六日が経ち、いよいよ明日、クラウス様はアトリアに発つ。

今日はそのお見送り会と称してのパーティーが、シュトランツ家で行われることになった。とはいっても来客はクラウス様が厳選したいつもの生徒会メンバー、本来クラウス様と結ばれるはずだった正ヒロインのリーゼにクラウス様の親友マシュー……そして。

「お前は呼んでいないんだけどな。エディ」

「申し訳ございませんが、私はリーゼ様の専属執事ですので」

会って早々クラウス様とバチバチしている、リーゼの執事、エディだ。このふたりは前回の一件から、ずっと仲が悪い。というか、クラウス様が毛嫌いしているといえる。

「一切ユリアーナに近づくなよ。いいな？」

「そう言われましても。……ユリアーナが嫌ならもちろん近づきませんが」

「俺の言うことが聞けないと？」

「私の主人はリーゼ様なので」

エディの言うことにいちいち眉間の皺を増やしているクラウス様とは対照的に、エディは冷静に答えている。

「ごめんなさいユリアーナ様。エディもどうしても参加したいって言うものだから、私も断りづらくて。こうなることはわかっていたんですが」

ふたりのやり取りを眺めて、リーゼが気まずそうに言う。

「いえ、私も久しぶりにエディに会えて嬉しいです！」

「おいユリアーナ、そのセリフ、絶対クラウスの前で言わないほうがいいぞ。……まぁ俺としては、おもしろいものが見られて楽しいけどな」

私の肩に肘を乗せて、マシューが忠告すると共にけらけらと笑い、お気に入りのマルコさん特製マフィンを豪快にぱくりと食べた。こんなふうに屋敷内で豪快に立ち食いする令息はマシューくらいだろう。

「そういえば、マシュー様は専属の使用人はいらっしゃらないのですか？　見たことがないなと思って」

二口でマフィンを完食したマシューに聞いてみる。

「いないな。つーか必要ない。俺は自分で自分の身を守れるし。どっちかというと、護衛する側の方が向いてる」

マシューは魔法はそこまで得意ではないが、剣術や武術は得意と聞いた。魔法と組み合わせてそれらを使えば、相当強いとリーゼが話していたことがある。

「……なんか、初めてマシュー様をかっこいいと思いました」

「失礼なやつだな」

だっていつも食い意地が張っているし、悩みなんてなさそうなほど陽気だし。……そんな親しみやすいところが、マシューのよさでもあるのだが。それに、あの癖つよクラウス様の親友をずっとやれているなんて、相当優しい性格なんだろうと思う。

「おいマシュー。お前今、ユリアーナに〝かっこいい〟って言われてなかったか？」

「じ、地獄耳！　ユリアーナ、言ってないよな⁉」

ついさっきまでエディと言い争っていたクラウス様が、ひょこりとマシューの背後から姿を現した。まるで幽霊が現れたかのように、マシューは肩をびくりと跳ねさせる。

「はい。クラウス様の勘違いでは？」

かわいそうなので、ここは話を合わせてあげることに。

「そうか。しかし、ユリアーナの肩に触れていたことが気に入らない」

「どっちにしろ文句あるんじゃねぇか！　あーもう、悪かったって！」

そのままクラウス様の次の標的はマシューへと移り変わった。傍から見れば仲良くじゃれ合っているようにも見えるが……その様子を見て、私はリーゼと顔を見合わせて苦笑する。

「ユリアーナ」

「エディ、久しぶり」

「話すなら今のうちだと思って」

クラウス様とマシューがじゃれている隙を見計らって、エディがこっそり話しかけてきた。エディと会うのは、私が一か月前、学園にクラウス様を迎えに行った時以来だ。

「一時的とはいっても、留学することになるとは驚きだよ」

「ね。あまりにも突然だったし、私もびっくり」

「……俺がこんなこと言うのもなんだけどさ、修復ギフトの力を利用されなきゃいいけど」

エディの言葉に、私は首を傾げる。クラウス様が私のギフトの件を言いふらすと思っているのだろうか。

「ま、聞いたところアトリアにもギフトを授ける精霊がいるみたいだから、ギフトに関しての理解は大きいと思うけどね。所持している人もいるだろうし。それでも、修復ギフトって、珍しいからさ」

「へぇ！　アトリアにも精霊がいるのね。どんな精霊かしら」

次ティハルトに会えたら聞いてみようっと。

「……まったく。相変わらずユリアーナはのんきだな」

エディは呆れたように笑った。

相変わらずって……私、いつものんきだと思われてる？

そうこうしているうちに時間は過ぎていき、パーティーも終盤に差し掛かる。私はこのパーティーの参加者でもあるが侍女としての立場もあるため、空になった皿を運んだりお茶のお代わりを運んだりしながら、クラウス様に目線をちらりと向けた。

明日旅立つというのに、クラウス様はいつもと変わらない笑顔で楽しんでいる。

——明日行っちゃうのか。でも、これはむしろ私にとってはいいことなのかもしれない。だってこれで、しばらくクラウス様と離れられるんだもの……！

クラウス様は、私が前世で読んだ小説『聖なる恋の魔法にかけられて』のヒーローである。そして私が転生したのは、その小説の世界だった。しかもクラウス様の婚約者&ヒロインをいじめる悪役令嬢のユリアーナ・エーデルに転生していたのだ。

ユリアーナは小説の最後、ヒロインであるリーゼとクラウス様を手にかけようとし、失敗した末処刑される。

私はそんな残酷な運命から逃れるために、まずクラウス様との婚約を解消し、舞台となる魔法学園も退学した。そうしていろいろ考えて、誰かの役に立ちたいという思いから、伯爵令嬢から侍女に転身したのである。

これで小説の主要キャラたちから距離を置き、まったく関係のない世界で悠々自適に生きていけると思ったのも束の間——どういうわけか、クラウス様が私を侍女として公爵家に迎え入れると言い出した。

そこからもリーゼではなく私を好きだと言い始め……いろいろあって、ついに専属侍女にされてしまった。つまり、小説とはまったく異なる展開を辿っている真っ最中だ。

……小説のエンディングは、クラウス様が学園を卒業しリーゼと結ばれるまで。展開は違えど、クラウス様が卒業するまではいつ破滅が訪れるかわからない。

そのため、私は今もなお、破滅に怯え、破滅を回避するために奮闘している――。

破滅を回避すると決めてから、私の破滅と直接関わるクラウス様とはいちばん距離を置くつもりだった。それが今や、いちばん近い距離にいる。

共に時間を過ごしすぎたせいか、最近の私は彼と一緒にいると変にドキドキしたり、とにかく調子を狂わされていた。もはや、自分で自分がわからない時さえある。

……私の心の落ち着きを取り戻すためにも、一時的に距離を置くのはいいことだわ。

なんて、倦怠期のカップルのような発想をしつつも、内心は、寂しさもあった。

それなのに、クラウス様はちっとも寂しそうにしていない。今だって、リーゼとマシューに囲まれて、学園での思い出話に花を咲かせている。私と離れることなんて、気にも留めていないみたい。

あれだけ私に執着心を露わにしておいて、結局、クラウス様にとって私の存在はその程度だったのか。そう思うと寂しさが募り、胸のもやもやが広がっていく。……ほらまた、こうやってクラウス様に調子を狂わされているのだ。

「どうしたんだユリアーナ、そんなに暗い顔をして」

複雑な心境を抱えたまま立ち尽くしている私のもとに、クラウス様がやって来た。

どうやら、リーゼとマシューの輪から抜けてきたようだ。

「べつに、なんにもないですっ。それより早くふたりのところに戻ってあげてはいかがですか？」

専属侍女の私とのお別れなど、クラウス様にとって大したことではないのだろう。

それならば私は侍女として、前向きにクラウス様を見送ってあげなければ。

「ユリアーナも仕事がひと段落したらおいでよ。しばらく会えないんだから」

「しばらく会えないからこそ、仲良し三人組の邪魔をしたくないというか……」

「なんだ。そんなことを気にしていたのか？　だから暗い顔を？」

そういうわけではないが、そういうことにしておこう。

私が頷くと、クラウス様は優しく私の頭を撫でてこう言った。

「これは俺とユリアーナを送り出す会なんだから、主役の君がもっと楽しまないと」

「……ん？」

よくわからない言葉が聞こえた。

——今なんて？　俺とユリアーナを送り出す？　ええっと、それはつまり……？

「クラウス様？　まさかと思いますが、私もアトリアへ行くと……？」

「当たり前だろう。君は俺の専属侍女なんだから」

「なっ……！」

さも当たり前かのように言われ、私は驚愕して声も出なかった。

「なんだ。わかってなかったのか？　そのつもりでって言ったから、伝わってるとばかり思ってた。……あ、まさか暗い顔をしていたのって、俺と離れるのが寂しかった？　馬鹿だなぁユリアーナは。俺が君を置いてどこかへ行くわけないじゃないか」

「ち、違いますっ！　ぜんっぜん違いますから！」

すべて見透かされているのも、勝手に勘違いをしていたことも恥ずかしい。クラウス様はとても嬉しそうに顔を緩ませて、ぐいぐいと私のほうへ距離を詰めてくる。髪を撫でられていた手はいつの間にか私の腰に回されていた。

「そうやって全力で否定しているのも、照れ隠しなんだろう？」

「それも違いますから！　みんなが見ていますよ。離れてください！」

というか、これはクラウス様が悪い。私も一緒ならはっきりそう言ってくれないとわからないじゃない……！

しかし、あとから聞けばみんなは最初からそれを知っていたらしい。それを聞いて、エディが私を心配してくれたことがやっと理解できた。

そしてパーティー終了後、私は侍女仲間で友人のニコルに泣きついて、一晩で旅立ちの荷造りを済ませることとなった。

2　言葉のギフト

「アトリアでは、シュトランツ家の侍女代表として、シュトランツ家の名に恥じない振る舞いをするのよ！　ユリアーナ！」

出発の朝。私は侍女長であるイーダさんから激励を受けていた。

「はい！　頑張ります侍女長！」

「……返事だけは百点なのよねぇ」

腰に手をあてて、イーダさんは眉を下げて笑う。公爵家に来て最初の頃は怒られてばかりだったが、最近は褒められることも増えてきた。とはいっても、その倍くらい怒られているのだけれど。

「ユリアーナ、しばらくは寂しくなるわね」

「ニコル！」

今度は、ニコルがしばしの別れを惜しむように話しかけてきた。

ニコルとはここへ来てからずっと同部屋で、紆余屈折がありながらも、互いに認め合い今では親友ともいえる仲だ。

「私も毎晩のニコルとの女子会ができないと思うと寂しいわ……」

「戻ってきたら、アトリアの話をたくさん聞かせてちょうだいね。それと、なにかあったらこの魔法具で通信を飛ばして。緊急事態があった時、シュトランツ家とすぐに連絡がとれるようになっているわ」

クラウス様にもひとつ渡しているからと、ニコルが私に通信魔法具を渡してくれた。前世でいう、携帯電話のようなものだろうか。勾玉のような形をした、青色の石が付いた大きめのブローチだ。石を強めに押すと、ニコルに繋がるという。

「ありがとう！　これがあれば、寂しい夜もへっちゃらね」

「だめよ。この魔法具には制限があるの。通信できるのは二回が限界。それ以上は魔力の効果が切れてかからないわ。だから使用するタイミングは見極めたほうがいいかもしれないわね」

「ええ、そうなの？　ちゃんと見極められるか不安だわ……」

私は自分自身を心配しながら、通信魔法具を鞄に入れた。

「そろそろ出発ね。……クラウス様は、公爵様とずっと話し込んでいるけど……私たちみたいに、別れを惜しまれているのかしら」

ニコルが微笑ましそうにそう言ったため、私も馬車の前で両親と話すクラウス様に視線をやった。

クラウス様は終始険しい顔をしていて、どこか不機嫌そうだ。時折シュトランツ公爵が「わかったな」となにかを言い聞かせているような声がうっすらと聞こえる。

数分経って、やっと話が終わったようで、クラウス様が私に手招きをした。

荷物を抱えて最後にニコルとイーダさんのほうを振り返ると、ふたりは笑顔で力強く頷いてくれた。

私も頷きを返し、馬車へ乗り込む。

——行くからには、侍女として頑張ってこよう！

ニコルとイーダさんから激励を受け、私の中にそんな想いが込み上げてきた。

馬車はゆっくりと走り出し、シュトランツ公爵家が次第に遠のいていく。王都を抜けてからは徐々にスピードが増していき、窓の外から見える景色は一瞬にして過ぎ去る。

「最初に留学の話が決まった時は憂鬱だったが、いざ出発すると、なんだか旅行へ行くみたいでわくわくするな」

向かいの椅子に座っているクラウス様が、外を眺めてそう言った。

「憂鬱だったんですか？」

わざわざパーティーを開いていたほどだ。てっきり、楽しみにしているのだとばかり思っていた。

「え？　……いや、言葉を間違えたな。留学することに、最初はいろいろ不安もあったんだ。知らない場所へ行くわけだし。だけど、それも含めて楽しみのほうが大きい。ここエルム王国の西部にあるアトリアは、エルムより魔法が発展した、いわゆる魔法発展国だ。俺の魔力がどこまで通用するか早く試したい」

　魔法発展国と聞くだけで、私もわくわく感が増してくる。小説ではエルムから舞台が離れたこともなければ、記憶を取り戻してから近隣国についての勉強をしたこともなかったため、知らないことばかりではあるが。

「アトリアにも、ギフトを授けてくれる精霊がいると聞きました。三か月で会うのは難しいかもしれませんが、見てみたいなって」

「たしかに、どんな精霊なんだろうな。エルム（うち）にいるのは癖が強すぎるから、いい精霊だったら交代してほしいくらいだ」

　エルムの大精霊ティハルトは、人間と同様の姿をした、ものすごくイケメンの精霊だ。しかし、大の女好きのため男の前に滅多に姿を現さない。その中でも一度ティハルトと対面しているクラウス様は、かなりレアといえる。

「ほかにもいろんな精霊がいると聞いたから、会えたらいいな」

そう言って、クラウス様は私に笑いかける。……いつものクラウス様だ。シュトランツ公爵と話していた時とは違って、表情が柔らかい。

「……あの、クラウス様」

「どうした？」

「さっき、シュトランツ公爵となにを話していたんですか？」

少し気になって、本人に聞いてみる。

「べつに？　しっかりやってこいとか、結果を残せとか、そういった話だ」

「……なるほど」

「いつまで経っても俺に次期公爵になるための圧をかけてくるんだから、参るよ。しっかり成績も残してるのに」

やれやれと、クラウス様は肩をすくめる。

「ユリアーナのところは楽しそうだったよな。家族みんながユリアーナ大好きで」

「え？　ああ……私、甘やかされてましたからね……」

その結果、小説のユリアーナはあんなわがままに育ったわけだが。でも、基本的にみんな優しくて、楽しい家族だとは思う。娘に甘すぎるのは玉に瑕(きず)だけど。

「しばらく会ってないけど、そのうちまた改めて会いに行かせてもらおうかな」

「ふふ。私も久しぶりに会いたくなってきました」

アトリアに留学するなんて言ったら、心配性の家族は断固反対したかもしれない。帰って来てから報告することにしよう。

それからも、クラウス様と他愛もない話をしていた。

アトリアまでは、一日馬車を走らせなければならない。そのため、今日は馬車の中で眠りにつくこととなる。しかし、さすが名家シュトランツ。馬車は高級なもので中は広く、座席部分もまるでベッドのようにふわふわで寝ても身体が痛くない作りになっている。揺れさえ気にならなければ、まったく問題はない。

食事なども合わせて、途中に通りかかった町で休憩を何度か挟み、段々と外が暗くなっていくにつれて、眠気が襲ってきた。

昨日は深夜まで荷造りをしていたし、今日も早起きでバタバタだったため、若干の疲労感が残っていた。

楽しみではあるけど……アトリアで破滅フラグが立たないよう気をつけないと。

脳内でぼんやりとそんなことを考えているうちに、気づけば私は眠りに落ちていた。

「……ーナ、ユリアーナ！」

「……んっ……」

声が聞こえて、まどろみの中目を開く。

「おはよう。起きた？」

「……クラウス様？」

目の前にクラウス様の綺麗な顔がばーんと飛び込んできて、私はがばっと上半身を起こした。

そうだ。アトリアへ行く道中、馬車の中で寝ちゃったんだ。

前回みたいに目覚めたら人さらいの馬車の中、なんてことは起きていないわよね？と思い周りをきょろきょろ見渡すも、クラウス様以外の姿は見えなくて、ほっと胸を撫でおろす。

「ユリアーナ、寝起きから色っぽい声を出さないでくれ。襲いたくなる」

前言撤回。人さらいと同じくらい、今身の危険を感じています。

私が身体を後退させると、クラウス様はさわやかな笑顔のまま「冗談だ」と言った。まったく冗談に聞こえない。だって、目が本気だったもの。それより、色っぽい声を出した覚えもないんですが⁉

「アトリアに到着したようだ。天気がいいし、一度降りてみないか？」

「は、はいっ。というか、ごめんなさい。ギリギリまで寝てしまって……」

「構わない。君の寝顔を見られて、俺は朝から機嫌がいい」
ク、クラウス様に寝顔を見られた……⁉　私、変な顔をしてなかっただろうか。恥ずかしいより、そっちの心配のほうが大きい。
私は服の皺を伸ばすと、クラウス様に手を引かれて馬車から降りる。

クラウス様の言った通り空は快晴で、雲ひとつない青空が広がっていた。

「わぁ……！」

周囲を見渡すと、どこかの森の中のようだ。見える距離に大きな湖があり、涼しげな雰囲気である。

あまりに綺麗で、ため息が漏れる。

「湖のところに行ってみようか」

私が湖を見ていたからか、クラウス様がそう言ってくれた。ふたりで湖の近くまで歩く。

近くで見る湖は空の青と光が反射して、とても綺麗な色をしていた。

「すごい。キラキラしてる」

「本当だ。キラキラして――って、なんだか光が浮かんでいないか?」

前のめりになって湖を見ていると、隣でクラウス様がよくわからないことを言い出した。

「光が浮いてるなんて、そんな――」

言いかけたところで、目の前に水色の光が飛び込んでくる。

たしかに浮いているし、湖よりキラキラしている。これはなんだと思いクラウス様のほうを見れば、クラウス様の目の前にも同じような光が。そちらは緑色に光っていて、クラウス様の周りをふわふわと浮遊しているではないか。

すると、突然光がぱんっと弾けた。眩しくて思わず目を閉じると、次に目を開けた時には――小さな精霊がふたり、楽しげにケタケタと笑っていた。

「ようこそ! 魔法国アトリアへ!」

驚いている私たちに、ふたりが声を揃えてそう言った。

「……君たちはアトリアの精霊か?」

クラウス様が言うと、精霊たちは自己紹介を始める。

「そうだよ! ボクがこの湖の精霊ティムで……」

「ワタシがこの森の木に宿る精霊のティモ!」

言いながら、ふたりともくるりと一周回ってみせる。

どちらも手のひらサイズの、羽が生えた精霊だ。

私の目の前を飛んでいるティムは、くるくるした巻き毛で水色のショートヘア。口調的に男の子だろう。

そしてクラウス様の周りをふわふわ漂っているのがティモ。緑髪でストレートヘアの女の子だ。

「ボクらは国境近くのこの場所で、いつもアトリアに来た人たちをお出迎えしているんだ！　姿を見せるか見せないかはボクらの気分次第だから、キミたちはツイてるね」

「へぇ。そうなのね。今日は気分がいい日なの？」

私が聞くと、ティムが大きく頷く。

「嬉しいわ。アトリアの精霊に会いたいって思っていたから。ね？　クラウス様」

「ああ。そうだな」

到着してすぐ、精霊に会えるとは思わなかった。ティハルトしか見たことなかったから、こんな小さな精霊もいることに胸が躍る。ふたりともとってもかわいらしい。

「そんなふうに言ってもらえるなんて、ワタシたちも嬉しいわ！　なんだかテンション上がってきちゃった。ねぇティム、ふたりに幸せのメッセージを贈ってあげましょうよ」

「いいね！　賛成！」

なにやらふたりが楽しそうにしている。動くたびに小さな光がキラキラ舞って、思わず見惚れてしまう光景だ。

「幸せのメッセージっていうのはなんだ？」

クラウス様が問うと、ティムが率先して答えてくれる。

「ボクらは初めてここへ来た人に、アトリアにいる間、幸せになるための助言をしてあげることができるんだ」

「きちんとひとりひとりを見極めて、その人に合った助言を贈る——言葉のギフトみたいなものよ！」

ティモが補足してくれたことで、幸せのメッセージがなにか理解することができた。

言葉のギフト……素敵な響きだわ。

「キミたちの名前は？」

「俺はクラウスで、彼女はユリアーナ」

ティモの質問に、クラウス様が答える。

「それじゃあ、ティモはクラウスに助言を。ボクはユリアーナに合う言葉を探すよ！」

「りょーかい！」

そう言い合うと、ふたりはそれぞれ言葉のギフトを捧げる相手をじっくり観察し始めた。

ティムが肩に乗って来て、まんまるの瞳で私をじーっと見つめる。それは私の瞳を通じて、心の中を覗かれているかのようだった。

「ユリアーナ、キミは素直になることが、幸せへの道だよ！」

「……素直に？」

「うん！　だからボクが君に贈る言葉は、〝素直になってみて〟ってこと！」

ありきたりな言葉だが、それが私の幸せへの道……。ティモは私にウインクをすると、肩から離れてまた空中を飛び回る。

「ワタシからクラウスへ贈る言葉は、ずばり、想いを貫くこと！　アナタはそのまま突き進めば幸せを掴めるわ」

「……本当か？」

「ええ。ただ、一瞬でもブレてしまえば――望んでいる幸せはすり抜けていっちゃうかも……」

「ふっ。それなら心配いらない。俺は絶対にブレないからな」

「やだっ！　クラウスったらかっこいい！」

自信満々に言い放つクラウス様を見て、ティモの目がハートになっている。飛び回るたびに舞っていた光も、心なしかハート形に変わっているように見えた。

「ふたりがアトリアで楽しい日々を送れるよう、ボクたちは祈っているからね！」

「森を抜ければ、すぐに街が見えるわ！　楽しんでってね！」

ティムとティモは互いの顔をくっつけてそう言うと、また弾けるようなまばゆさを放って姿を消した。

「あ、ありがとう！　ふたりとも！」

慌ててお礼を言うも、森はしーんとしたまま。だけど、きっと聞こえているはずだ。なんの根拠もないけれど、私はそう思った。

「……なんだか、幸先がよさそうだな？」

クラウス様が私のほうを向いて、くすりと笑う。

「私も同じこと思っていました」

「なんだ。やっぱり俺たち、気が合うんだな」

この状況で、そう思わないほうが少ないと思う。

「……そうかもしれませんね？」

だけど、気分がいいから、そういうことにしてあげてもいいかな。なんて思ってクラウス様に笑いかけると、クラウス様の頬がほんのり赤くなった。……私、変なこと言った？

「……絶対に、なにがあっても、俺はこの想いを貫いてやる」

クラウス様が俯いてなにかを呟いていたが、はっきりとは聞こえなかった。

――素直でいること、か。

素直でいたら、破滅も回避できるだろうか。ティムの言葉を思い出しながら、私はそう思った。

いよいよ、アトリアでの生活が始まる。どうかこの三か月間が、この青空のように穏やかなものでありますように……。

3　アトリア魔法学園

森を抜けて街で朝食を食べたあと、私たちは留学先となるアトリア魔法学園へと向かった。学園へ着く頃には時刻は十三時を回っており、ちょうどお昼過ぎくらいの時間帯だった。

学園は王都の中心部に建設されており、王宮も見える距離にある。あそこに、アトリアの王族が住んでいるのだろう。

さすが魔法研究が盛んな国だけあって、学園の敷地も広く、生徒の数もエルムと桁違いだ。豪華さはさほど変わらないが、魔法の属性別に特化した実習室や、広い訓練場などいろいろな施設が用意されていて、環境はこちらのほうが整っているといえる。

「すごいな。学園専用の地下迷宮もあるみたいだ。いろんな実習ができて、楽しそうだな」

「ふふ。本当ですね」

いつも大人っぽいクラウス様が、子供のように目を輝かせている。その様子を見て、私は自然と笑みがこぼれた。

そのままアトリアの案内人に、学園長室へと連れていかれる。話は既に通っているため、簡単な挨拶と雑談で、あっさりと学園長との顔合わせは終了した。学園長は髭の生えたダンディなおじさんという感じで、優しそうな人だった。

「お次は生徒会室にご案内いたします」

案内人に言われ、私とクラウス様は生徒会室へ向かうことになった。生徒会室は一階の突き当たりに用意されており、学園長室からは少し離れた距離にあるようだ。

「着きました。こちらへどうぞ」

案内人が生徒会室の扉を開けると、そこには二名の生徒がクラウス様を待ち構えていた。扉が開いた瞬間、ふたりの目線がこちらへと向く。

「失礼。今日から三か月、この学園で共に学ばせていただく、エルム魔法学園生徒会長、クラウス・シュトランツだ」

クラウス様は初対面の相手になにも動じることなく自ら歩み寄ると、胸を張って挨拶を始めた。……すごい。私だったら緊張して、声が裏返るとか無駄に早口になるとかしそうなのに。姿勢も笑顔も完璧で、久しぶりに外面のいい王子様モードのクラウス様を見て、私はドキッとしてしまった。

突然の挨拶に相手側は圧倒されたようだったが、すぐに笑顔を作って、ひとりの男子生徒が口を開いた。

「これはご丁寧にありがとう。そしてようこそ。我がアトリア魔法学園へ。僕は同じく生徒会長を務めている、コンラート・アンデルスだ。よろしく」

物腰柔らかい雰囲気のコンラートと名乗る男子生徒は、これまたびっくりするほど整った顔立ちをしていた。魔法学園の生徒会長は、イケメンでないとなれないって規則でもあるのだろうか。

ふわっとした青い髪に、今日見た空のように澄んだ水色の瞳。少し切れ長の形の目をしているクラウス様と違って、彼の瞳はたれ気味で、それがまた絶妙な〝いい人感〟を醸し出している。

背もクラウス様と同じくらい高いし……うん、これはモテモテだろうなぁ。

「アンデルスって……」

私が勝手にコンラート様を分析していると、クラウス様がなにかに気づいたような反応を返した。

「ああ。一応、王家の人間なんだ。第二王子だけどね」

こんなイケメンで、しかも王族……⁉　しかもそれを自慢せず、むしろ謙遜している。こんな親切そうな完璧王子が実在するとは。

「だけどここでは同級生だし、なんの気も遣わず、普通に接してくれると助かるよ」

「そうか。それじゃあお言葉に甘えてそうさせてもらおう」

クラウス様は王族相手でも関係がないらしい。言われたまま受け取って、敬語を使うことなく普通に返事をしている。初めて会ったばかりの王子相手に、なかなかやるなと私は思った。

「はーいっ。次はわたくしの番ですわね。わたくし、副会長のマリーと申します。アトリアでは三本指に入るほどの数の領地を抱えている、ドレーゼ伯爵家の娘ですわ。仲良くしてくださいねぇ。クラウス様」

もうひとりは女子生徒で、マリーというようだ。とてもかわいらしく甘い声をしている。見た目は金色の長い髪を高い位置で結んでおり――いわゆる、ツインテールというやつだ。丸くて大きな瞳は赤色で、ルビーのような煌めきを放っている。肌も白くて髪もつやつやで、小動物のような愛くるしさがある彼女は、文句なしの美少女といえるだろう。

そんな彼女は「お近づきのしるし」と言って、クラウス様の手をぎゅっと握った。

その握手はやたらと長くて、しかも距離がかなり近い。

上目遣いでクラウス様を眺めるマリー様もかわいいけれど……でも、同じ金髪なら、私はリーゼのほうがタイプだわ。

だってリーゼはおしとやかで可憐で清楚で、まさにヒロインって感じなんだもの！　……って、私はどうしてリーゼとマリー様を比べているんだろう。

自分で自分の考え方に疑問を抱いていると、急に熱い視線を感じた。はっとしてそちらを見返すと、なぜか私がマリー様にガン見されていた。

しかも、上から下までじっくりと。なんだか、品定めされているような気分だ。

「クラウス様、こちらのお方は？」

マリー様がクラウス様に聞くと、クラウス様は私の肩をぐいっと引き寄せて言う。

「彼女は俺の専属侍女。寮生活中も、俺の世話をしたいって聞かなくてね。今回同行することになったんだ」

「え？　私、そんなこと言ってな――」

クラウス様のほうを見ると、無言の笑顔で圧をかけられ、私は口をつぐんだ。目が笑ってなさすぎて怖い。

「ふーん。……あなた、お名前は？」

「あ、えっと、ユリアーナと申します。どうぞ、よろしくお願いいたしますっ！」

慌てて自己紹介をして頭を下げる。

次に顔を上げると、マリー様はまだ私のことをじろじろと見ていた。纏わりつく視線が気まずくて、コンラート様のほうを向くと、ばちっと目が合ってしまった。

「……よろしくね。ユリアーナ」

すると、コンラート様は私に微笑みかけてくれた。天使のような柔らかい笑みに、私は優しい人がいてよかったと心底思った。

「それじゃあ、これから僕たちで学園を案内するよ。今日は午後の授業はお休みだから生徒たちもいないし、ゆっくり見て回ろう」

コンラート様からそう言われ、学園を回ることとなった。授業中は侍女の帯同は許されていないため私は通わないが、出入りすることはあるだろうということで、クラウス様に同行する。

侍女は基本的に、学園へは同行しない。

同行してよいのは休憩時間や、課外授業、長時間に及ぶ屋外実習などの特別な場合のみに限られている。どうしても同行させたい場合は、学園側に理由を書いて申請して、許可が下りれば可能なようだ。

そしてアトリア魔法学園も、エルムと同じく二年制の学園らしい。こちらももちろん、過半数が貴族の生徒だという。稀に魔力が高い庶民の生徒もいるらしいが、なんせ学費が高いため、相当魔力が高く学費補助を受けない限り入れないとか……。

まずクラウス様が通うこととなる二年の教室を案内され、そこから食堂、職員室、数々の実習室、生徒たちが自由に過ごせるサロン、庭園などをぐるりと回っていく。

あまりに広くて、明日にはもう覚えていなそうだ。クラウス様は一発で全部覚えられているのだろうか。

「クラウス様は魔法の才がとても優れていると聞きましたわ。わたくし、一緒に授業を受けられるのが楽しみで、今日がとっても待ち遠しかったのっ」

歩きながら、マリー様が声を弾ませて言う。声だけでなく、なんなら身体もぴょんぴょんと跳ねさせている。

クラウス様に会えたのが相当嬉しいようだ。

「それに、こんなに素敵な方だなんて、想像以上でしたわ！　エルムの魔法学園では、さぞご令嬢たちからおモテになられたのでは？」

クラウス様の前情報は〝隣国の魔法学園で、成績優秀の公爵令息〟くらいしか聞かされていなかったのだろうか。

たしかにクラウス様はかなりかっこよくて、普通にしていたら人当たりもいい。マリー様は思いのほかイケメンが来たことに、心を躍らせているようにも見える。

「あはは。そんなに褒められると照れるな」

クラウス様は質問には答えずに、当たり障りのない返事をしている。

「あ、でも、うちのコンラート様も負けていませんのよ。学園行事のパーティーが開かれるたびに、コンラート様と踊りたい令嬢たちが長蛇の列を作るくらいですから」

なぜかマリー様が自慢げだ。だが、その光景は容易く想像できる。

クラウス様もそれくらいの人気は誇っていたが、悪役令嬢時代のユリアーナがクラウス様に近づけないようにしていたから、列ができるなんてなかったけど……。

ということは、コンラート様は婚約者がいないのだろうか。もしいたら、その相手が黙っていないと思う。

「マリー、大袈裟だよ」

「嫌ですわ～コンラート様ったら、謙遜しちゃって」

コンラート様がマリー様を窘めるも、マリー様はにやにやと笑ってそう言った。

しかし、コンラート様はそれ以上その話を広げようとはせず、熱心にクラウス様に施設の案内を続けている。

その様子を見て、マリー様はなぜか複雑そうな表情を浮かべていた。

「……よし。これで一通り案内は終わりかな。またわからないことがあれば、いつでも言って。同じクラスメイトだし、力になるよ」

「ああ、ありがとう」

最後に案内してもらった温室の前で、クラウス様とコンラート様が穏やかな雰囲気で微笑み合う。なんというイケメンとイケメンのぶつかり合い。

かっこいいし成績優秀な割に、まったく鼻につかないし……クラウス様も、コンラート様となら仲良くやっていけるんじゃないだろうか。外面はいいけど、意外と好き嫌いがハッキリしているから心配していたが、今のところ心配なさそう。

「ここからは、マリーがひとりで寮までご案内いたしますわ。コンラート様は王宮住まいですけど、わたくしは辺境伯出身のため、寮生活ですの。だから寮生としても、どうぞよろしく頼みますわね」

ずいっとコンラート様の前に割り込んで、マリー様がクラウス様に話しかける。ものすごい前のめり感に、私が圧倒されてしまう。

「それじゃあ、僕は門まで一緒に行くよ。明日からまたよろしくね」

コンラート様はクラウス様だけでなく、私にもにこりと笑みを送ってくれた。

そのまま門前でコンラート様と別れ、マリー様に学生寮まで案内してもらう。学園の隣に建っている学生寮は、学園に負けず劣らず綺麗な外観と内観をしていた。

……どちらかというと、私は寮にいる時間のほうが長いのよね。いろんな場所を覚えておかないと。

赤い絨毯が敷かれた廊下を歩きながら、私はずらりと並んだ部屋を眺める。

専属侍女の私の仕事は、クラウス様の部屋の掃除や、衣服の洗濯などすべてが含まれている。侍女を連れてきている貴族の学生も多いため、寮に侍女が共用で使うための洗い場や、大きなキッチンも用意されているらしい。あとで自分の部屋に行くついでに、その場所も確認しにいこう。

「この先のいちばん奥が、留学生専用の部屋ですわ」

「ありがとうマリー嬢。助かった」

「いいえ。またなにかございましたら、わたくしにいつでも聞いてくださいませぇ」

上目遣いでやたらと身体をくねらせて、マリー様はそう言うと、自分の部屋へ戻って行った。

「じゃあ行こうか。ユリアーナ。部屋に荷物が運ばれているはずだから、荷ほどきを手伝ってくれないか？」

「もちろん！　というか、それが私の仕事なので。クラウス様はお休みになってください」

「嫌だ。一緒にやろう。そのほうが早く済むだろう？」

それはそうだけど……主人にそんなことをさせていいものか。クラウス様はいつもこうやって、私の仕事を一緒にやりたがる。ありがたいけど、甘やかされすぎな気もする。

用意された奥の部屋に入ると、クラウス様のお部屋と同じくらい広く綺麗で、勉強用のデスクに、ふたりは余裕で眠れそうな大きさのベッドも置いてある。快適に留学生活を送れそうな場所だ。

一息つく間もなく、私たちは荷物を棚に整理したり、衣服をクローゼットにしまっていく。面倒なことは先に全部終わらせてしまえ、という作戦だ。朝からバタバタしたせいで、一度休むと再び動くのが億劫になることを、私もクラウス様も自分でわかっているからこその作戦である。

……前世では、こういった片付けも全部お母さんがやってくれていた。私が入院するたびに、私の好きな本や刺繍セットを持ってきてくれて、本当にいつも感謝していた。同時に、こんな小さな片付けすら任せてしまっていることを、申し訳なくも思ったりして……。

なんて思い出に浸りながら手を動かしていると、いつの間にか作業は終わっていた。

「やっと一息つけそうですね。今お茶を用意するので、クラウス様は座っててください」

「ああ……」

部屋には小さなキッチンもついている。私は置いてある食器やポットを使って、慣れた手つきでお茶を淹れようとした――ら。

「……っ！」

突然、後ろからクラウス様に抱きしめられた。思わず、ポットを持つ手が止まる。

「ク、クラウス様……？」

「やっと人目のないところでふたりきりになれたな。ユリアーナ」

「な、なに言って」

「ずっと君に触れたくてたまらなかった。俺にしては、よく我慢したほうだと思わないか？」

ぎゅっと腕の力を強めて、クラウス様は私の耳元で囁く。吐息がかかってくすぐったい。

「そんなの知りません……！　お茶を淹れられないので離してくださいっ……！」

「お茶なんてあとでいい。今はユリアーナを堪能したいんだ」

「私、堪能されるような存在ではないんですけど……」

クラウス様は私の言うことなど聞かず、そのまま私の髪に顔を埋める。

「ああ、いい香りだ。君の髪はいつも美しいな」

そう言って、クラウス様は私の赤く長い髪にするりと指を通す。私の髪が綺麗だというならば、それはシュトランツ家が使っているシャンプーが上等品だからではなかろうか。

「ほら、美しい顔も近くで見せてくれ」

「ひゃっ！」

クラウス様が、ぐるりと私の身体を回転させる。クラウス様と至近距離で見つめ合う形になり、私は思わず逃げたくなったが、もう後ろに逃げられるスペースがない。

「クラウス様、ち、近いです」

「昔は君のほうからこうやって迫ってきたじゃないか」

「またそうやって昔の話を持ち出して……！　もうあの頃の私じゃないんですっ！」

「知ってる」

慌てる私を見て、クラウス様は楽しそうに笑っている。

私がこうやって反応したら、クラウス様の思うツボなのはわかっているのに、どうしても平然としていられない。記憶が戻ったばかりの頃だったら、まだ冷たくあしらえたのに……。

「なぁユリアーナ。三か月間ふたりで暮らせるなんて、幸せすぎると思わないか？」

「なに言ってるんですか。侍女には侍女用の部屋が設けられているんです！　べつにクラウス様と同じ部屋で暮らすわけじゃありませんから！」

「じゃあ、そういうわけにしようか。ユリアーナもこの部屋で三か月過ごせばいい。これは主人の命令だ」

「いくらクラウス様の頼みでも、それは聞けません！」

調子のいい時だけ、主の権限を使うのだから困ったものだ。

クラウス様と同じ部屋で毎晩寝泊まりするなんて、私の気が休む時間がなくなってしまう。断固拒否だ。

「それより、早く離れてください」

「いくらユリアーナの頼みでも、それは聞けないな」

私と同じ返しをして、クラウス様は私の腰をぐいっと引き寄せる。後ろから少しでも押されれば、唇がぶつかりそうな距離までクラウス様の顔が近くにきて、どきりと心臓が跳ねた。

「……ユリアーナ」

熱のこもった瞳で見つめられ、逸らしたいのに逸らせない。

クラウス様の瞳に映る私は、どんな表情をしているのか。

自分でその姿を確認することすら躊躇(ためら)いを感じる。だって、絶対に情けない顔をしているに決まっているから。

——トントンッ。

無言で見つめ合っていると、その静けさを打ち砕くように、扉をノックする音が響いた。

「……クラウス様、出なくていいんですか?」

「あんなの無視すれば——」

トントンッ、トントントンッ。

無視を決め込んだものの、何度も何度もノックされる。

クラウス様は恨めしそうに扉を睨みつけると、前髪をぐしゃりとかき分けて、大きなため息をついた。

「くそ。こんなタイミングで邪魔するとは。……呪術でもかけてやろうか」

とんでもなく恐ろしいことを呟きながら、クラウス様は私から離れて扉のほうへ歩き出した。私はまだ見ぬ扉の向こうの人物の身を心配しつつ、その様子を見守る。

ガチャリという音と共にクラウス様が扉を開けると、そこにいたのは……。

「……コンラート？」

まさかのコンラート様だった。

「寮まで来てどうしたんだ？　もうとっくに帰ったのかと……」

私が疑問を抱いていたのと同じことを、クラウス様が問いかける。

「いや、渡し忘れたものがあって。学園まで引き返したんだ。……これ。明日からの授業表。必要な教材も全部記載してあるから、参考にして」

そう言って、コンラート様は一枚の紙をクラウス様に手渡す。わざわざここまで届けてくれるなんて……コンラート様は、男版リーゼかなにかだろうか。

「わざわざすまない」

「とんでもないよ。……ノックしてから扉が開くまで少し時間があったけど、もしかして忙しかった？」

申し訳なさそうに言うコンラート様のその言葉に、私はぎくりとする。

「あー……。たしかに、タイミングはよくなかったかもしれない。……そうだよな？　ユリアーナ」

「えっ⁉」

そんな含んだ物言いで聞かないでほしい。まるで私たちの間になにかあったみたいじゃない。

「そんなことはありません！　お気になさらず！」

クラウス様のにおわせを私が全力否定すると、コンラート様は私をじっと見たあと、小さく笑った。

「……ふっ。顔が赤いよ。ユリアーナ」

「……えっ」

指摘されたことで、よけいに顔がカッと熱くなる。

……どうしよう。コンラート様に変な勘違いをされてしまったかもしれない。

「それじゃあ、明日また学校で」

コンラート様はさわやかな笑顔を残したまま扉を閉めた。細められた瞳は、最後まで私を見据えていた。あの笑顔は本物か、それともなにか裏があるのか――今の私には、見当もつかない。

「コンラート……よくも邪魔してくれたな」

コンラート様の乱入により、もうさっきのような甘い雰囲気は消えてしまっていた。

クラウス様は渡されたばかりの授業表をぐしゃりと握り潰して、怒りを露わにしている。

私はギフト能力で紙の皺をすべて消し、壁には綺麗な授業表が飾られることとなった。その後、部屋に残れというクラウス様の命令を振り切って、なんとか無事に自室に帰ることができたのだった。

4　かわいい彼女の裏の顔

次の日。

アトリア側が用意してくれた制服に袖を通し、クラウス様は学園へと向かった。

青地に青紫のパイピングが施されたブレザーに、深い赤色のネクタイといったアトリアの制服はおしゃれで、クラウス様も気に入ったみたい。……あまり態度には出してなかったけど、顔を見たらすぐにわかった。

部屋を軽く清掃し、自分の朝食を終え、洗濯を済ませ、乾くのを待つ。

以上の作業を終え時計を見ると、まだ十時半。お昼までしばらくはなにもすることがない。正直、シュトランツの屋敷にいる時の何倍もラクだ。食事は学園寮自体にシェフがついているし、そのおかげもあって洗い物を手伝うこともない。

「……逆に暇を持て余しちゃうわね」

誰もいない部屋でひとり呟く。

しかし、暇だからといってなにもしないのは、侍女としてどうなのだろうか。きっとここにイーダさんがいたら「やることは自分で見つけなさい！」と、喝を入れられることだろう。その姿が容易に想像がついて、くすりと笑ってしまった。

考えた結果、私は寮を少し探索することにした。

まだ完璧にどこになにがあるかを把握しきれていないし——同じように働く侍女が、ここには何人もいる。

誰かと仲良くなれれば、いろいろと教えてもらえるし、もっと働きやすい環境になる気がする。

そう思い廊下を歩き、曲がり角に差し掛かったその時。

「なにしてんのよ！　こののろま！」

誰かの怒声が聞こえ、私は条件反射でサッと壁に身体をくっつけて身を隠した。

そのあとすぐ、バリーンとなにかが割れた音が聞こえる。

——い、いったいなに⁉

事件でも起きたのだろうか。

隠れながらも恐る恐る様子を窺うと、声と音がしたであろう部屋から、マリー様が出てきた。

かなり怒った様子で、大股でずかずかと歩きながら廊下を突き進んでいる。驚くべき光景に、私は何度もぱちくりと瞬きをした。

──今の、あのマリー様？　ということは、さっきの声も……？

昨日のかわいらしい、語尾が伸び気味な甘ったるい声とは全然違う。それに仕草も表情も、まるで別人のようだった。

見てはいけないものを見てしまった気がする……。

こんなに早くマリー様の二面性を発見するとは思わなくて、一方的に気まずさを感じた。

だけど、あそこまで怒るなんて、なにがあったのだろうか。

マリー様の後ろ姿が完全に見えなくなったのを確認して、私は事件現場であろうマリー様の部屋をそっと覗いた。

「…………！」

すると、部屋の中でひとりの侍女が泣きべそをかきながら、割れたガラスの破片を片付けていた。

何度も涙を拭いガラスを拾っている姿が危なっかしいと共にかわいそうでもあって……気がつけば、私は僅かに開いた扉に手をかけ、彼女に声をかけていた。

「あの、大丈夫ですか……？」

私の声に驚いたのか、侍女の肩がビクッと跳ねる。

「よかったら手伝いますよ。あと危ないので、ガラスの破片がついた手で目は絶対に擦らないようにしてくださいね」

「すっ、すみません……ありがとうございます……」

どうしても彼女を放っておけず、私は部屋に入ってマリー様の侍女の隣に屈むと、一緒に割れたガラスの破片を集めた。

「……案外細かく割れてますね。私、ちりとりと箒を持ってきます」

「あ、それならそこの棚に……」

ぐずぐずと鼻水を吸いながら、私に掃除道具がある場所を指さして教えてくれた。

「ありがとうございます。えーっと……」

「……クラーラと申します」

私がなんて呼べばいいか迷っているのを察してくれたようだ。茶色いボブヘアに、薄くそばかすのある頬がかわいらしい彼女の名前は、クラーラというらしい。年齢は私と同じくらいに見える。

「クラーラさん。私はユリアーナと申します」

「ユリアーナさん。ごめんなさい、迷惑をかけてしまって……」

「とんでもないです。ほら、危ないので、さっさと片付けちゃいましょうっ！」

「はい……」

涙は止まったものの、クラーラさんはずっと暗い表情を浮かべて、ガラス掃除を再開した。散らばった破片を箒で集め、彼女が手で押さえてくれているちりとりに移す。

するとクラーラさんは、ちりとりをゴミ箱に捨てずに棚に置いた。

「あの……本当に助かりました。ありがとうございました」

そして改めて、私に頭を下げてお礼を言ってくれた。

「いえいえ！　私こそ、急に声をかけてしまってごめんなさい。ちょうど近くを通りかかって……その、気になっちゃって……」

あんな怒声が聞こえれば、誰でも驚くに決まっている。クラーラさんは俯いたまま、ばつが悪そうな顔をしていた。

「あの、言いたくなければ答えなくて構わないのですが……なにかあったんですか？クラーラさんのご主人は、マリー様ですよね？」

マリー様も、理由なく怒鳴る人ではないだろう。……そうだと思いたい。

「実は……私が間違えた教材を渡してしまって……それで休憩時間、マリー様が部屋まで取りに来たのですが、私が何度も同じミスをしたことで相当機嫌が悪くて……それなのに私、さらにマリー様を怒らせるようなことを……」

聞くところによると、マリー様の教材を間違えた挙句、お茶すらまともに用意ができなかったらしい。

マリー様は休憩時間に部屋に戻ると、いつもお気に入りのハーブティーを飲むようだ。しかし、今日に限って直前でお茶の種類を変えられてしまったとか。休憩時間は限られているのに、突然の変更に焦っていつまで経ってもお茶を出さないクラーラさんに腹を立て、さっきの怒声が飛び交ったのだとか。

「それじゃあ、ガラスの破片は？」

「あれはマリー様が怒って立ち上がった際に、テーブルに置いていたガラス細工が衝撃で落ちてしまったんです」

つまり、わざと落としたわけではない――と。

「それを聞いて少し安心しました。だって、忘れ物とお茶を淹れられなかっただけで、ガラスを投げるなんていくらなんでも危険すぎるもの」

「……いいえ。もしそうされていても仕方ありません。私が全部悪いんです。私が侍女としてまともに仕事ができないから。何度同じことを注意されても、マリー様に叱られるのが怖くてびくびくして、結局ミスを繰り返してしまうんです」

細心の注意を払っているつもりが、逆にそれがクラーラさんにとって大きなプレッシャーになっているようだ。

ミスをしてはいけないと思えば思うほど、緊張感が増すのは私もよくわかる。侍女になりたての頃、まさに同じような気持ちを味わった。

「でも、クラーラさんはマリー様の専属侍女としてここへ来ているのでしょう？　それなりに親しい仲なんじゃあ……」

信頼関係がなければ、わざわざ〝専属〟にはしないだろう。エディだって、幼い頃からリーゼに仕えていて、ふたりはとても仲がよさそうだった。

私はクラウス様から強制的に専属にされた身だが……クラウス様が私を嫌いだったら、専属侍女になんてしていないと思う。

「そんなことありません」

私の問いかけに、クラーラさんは首を横に振った。

「マリー様は好き放題したいから、絶対に口答えのできない私を専属に選んだだけです。屋敷でも伯爵様と奥様に甘やかされ、わがまま放題でしたが……両親やほかの侍女の目があったから、ここまでひどくはありませんでした」

「家族に甘やかされわがまま放題……」

あれ。なんだか昔の誰かさんのような境遇ね。

あまりに身に覚えがありすぎて、私は心の中で苦笑する。

「私は侍女の仕事が好きでした。誇りを持って、この仕事を続けてきました。でもドレーゼ伯爵家にお仕えするようになって、マリー様の専属侍女になってからは……この仕事がつらいんです」

またもや、クラーラさんの瞳からぽろぽろと涙がこぼれ落ちる。私はワンピースのポケットに入れていた、実家であるエーデル家で親しくしていた侍女、ハンナにもらったハンカチを差し出した。

クラーラさんはそれを受け取ると、ハンカチの端で涙を拭いた。しかし、次から次へと溢れ出てキリがない。

「私はまだ侍女になって日が浅いから、偉そうなことをあなたに言えないけど……好きだった仕事をそんなふうに思うようになるまで追い詰められるなんて……本当につらい思いをたくさんしてきたんですね」

言いながら、しゃがみ込んで泣くクラーラの背中をさする。

「はいっ……でもいちばんは、侍女の仕事をつらいと思ってしまうことが、いちばんつらいんですっ……。怒られることよりも……。逃げ出したくなる自分が情けなくて、大嫌いです……」

なんと声をかけたらよいのか。私はまだマリー様のこともクラーラさんのこともよく知らない。適当な言葉を並べて励ますことは可能だが、果たしてそれは正解なのだろうか。

「……べつに、逃げてもいいんじゃないでしょうか」

気がつけば、そんなことを口にしていた。

「逃げても、いい？」

「はい。だって、つらいんでしょう？ 大好きなものが、大好きでなくなるほど。だったら、そんな環境から逃げてもいいと思います。実際に、マリー様の専属でない時はこの仕事を好きでいられたんですから、この環境がクラーラさんを苦しめているんです」

「それはそうですが……ドレーゼ伯爵家は、アトリアでは権力のある貴族で……そこから逃げたら、次の働き口が……」

次の働き口を気にして踏みとどまっているということは、クラーラさんはなんだかんだ言いつつも、侍女をやめる気はないとみた。

「働き口に困ったら、私と一緒にエルムに行きましょう！ 私の主人であるクラウス様にかけあってみるし、いろんなところにツテを持ってる執事の知り合いもいるわ！」

エディの主人であるリーゼに危害を加えるのではないかと疑われた私は、彼によって人さらいに売られそうになったが、エディがアトリアではない近隣国の王家など方々にツテを持っていることはたしかだ。私がおとなしくエルムから去ってべつの場所へ行くと言えば、普通に新しい働き口を紹介する気だったとあとで言っていたもの。

「だから今すぐには無理でも……逃げたくなったらいつでも言って。私、あなたに協力する。かくいう私も、決められた運命から逃げて侍女になったっていう過去があるの」

厳密にいえば、今もその運命から逃げている最中だけれど。

「……って、ごめんなさい。初対面なのに、興奮して敬語が抜けちゃった」

はっとして口を塞いだが、クラーラさんはぽかんとした顔で私を見たあと、ふっと小さく笑い始めた。

「ふ、ふふっ……ユリアーナさんは、とてもお強いのですね。まさか逃げていいなんて言われると思わなくて……びっくりして、涙が引っ込んでしまいました」

初めて見るクラーラさんの控えめな笑顔は、とてもかわいらしかった。

「そうやって言ってもらえたのは初めてで、なんだか心が軽くなりました。……そうですね。もうちょっと頑張って、それでも無理なら……ユリアーナさんに相談しちゃおうかな、なんて」

「大歓迎よ！　いつでも！」

「ふふ。ありがとうございます」

無意識に、クラーラさんを元気づけることには成功したようだ。

「あ、その代わり、クラーラさんにお願いがあるの。私、昨日アトリアに来たばかりで、まだここに仲のいい同僚っていうのがいなくて。よかったら、私と友達になってくれないかしら」

「ああ！　だからエルムの名を口にしていたのですね。エルムから留学生が来るというのは、私も噂で耳にしておりました。……私はここへ来て一年半経ちますが、未だに侍女仲間はおりません。そんな私でもよければぜひ……」

「そんなの関係ないわ。私、クラーラさんがいいの。こうして話したのもなにかの縁だし、ねっ！　私のことはユリアーナと呼んで」

「……ありがとう。ユリアーナ。私のこともクラーラと呼んでね」

両手をぎゅうっと握ると、クラーラさんは照れくさそうに微笑んで、私の手を握り返してくれた。

アトリアに来て二日目で友達ができるなんて、やっぱりツイている。これも、最初の森でティムとティモに会えたからだろうか。

「そういえばさっきのガラス、あそこに置いたままだけど捨てないの？」

私はちりとりに入ったまま、棚の上に放置されている粉々のガラスを指さす。

「……うん。捨てないとなんだけど……実はあれ、私にとって思い出の品で」

「えっ⁉　そうだったの⁉」

「マリー様が気に入ったようだから、テーブルに飾っておいたのだけど……こうなったら仕方ないよね……」

やっと笑顔を見せてくれたと思ったのに、クラーラはまたしゅんとした表情になる。

詳しく聞くと、あのガラス細工は、ガラス職人の家に生まれた幼馴染（おさななじみ）からもらった、大切なガラス細工だったらしい。世界にひとつ、クラーラのためだけに作られたというのだ。

「ちょっと待ってて」

「……？」

私はちりとりごと手に取って、クラーラの前にそれを置くと、手をかざして修復魔法を発動した。これは私が、エルムの大精霊ティハルトからもらった特殊魔法のギフトである。

むやみに発動するのはやめようと思っていたけれど、そんなことを聞かされてはーー発動しないわけにはいかないじゃない。

ガラスは光に包まれていく。その光が、目を丸くするクラーラの顔を照らした。

そして光が収まると、無残に散らばっていたガラスは、綺麗なブルーロータスのガラス細工に姿を変えた。

「わぁ……！　元はこんなに綺麗だったのね」

青く輝きを放つガラスは、ため息が漏れるほど美しかった。

「ほら、これで元通り。今度は割れないよう、クラーラの部屋に飾って大事にしてあげて」

私はブルーロータスのガラス細工を、落とさないよう慎重に持ち上げると、テーブルの真ん中にコトンと置いた。

「すごい……！　どうして⁉　ユリアーナ、今のはどうやったの？　もしかして、あなたも実は凄腕の魔法使いなんじゃあ……」

「うーん。一応魔法は使えるけど、凄腕とは程遠いというか。……これはね、エルムの精霊から授かったギフト能力なの」

初対面のクラーラにギフトのことを打ち明けるつもりはなかったが、悲しそうな彼女を放ってはおけなかった。

それに、最近はこの修復魔法の使い方にも大分慣れてきた。エルムでも前ほど隠さなくなっており、今では公爵家の人たちはほとんど知っている。

「でもギフトのことで注目されたくないから、このことは秘密にしておいてくれる？」

クラーラは言いふらすような子に見えないが、念のためそう言っておく。クラーラは「もちろん！」と頷いてくれた。

「それじゃあユリアーナは、精霊に見初められた特別な人ってことなのね」

「大袈裟だけど……まぁ、そんな感じかな」

「すごい……！　アトリアにもそういった精霊がいるようだけど、みんな会ったことすらないって。ユリアーナなら、アトリアの大精霊にも会えるかも！」

会ってみたい気持ちはある。でも、会ったらどうなるんだろう？　私はもうギフトをもらっている。ふたつギフトをもらうなんて話は、聞いたことがない。

「ユリアーナ、本当にありがとう。私、あなたのおかげで頑張れそうな気がする」

クラーラは、ガラス細工に負けないくらいの眩しい笑顔で私にそう言った。そこにはもう、つい数十分前まで泣きべそをかいていたクラーラの面影はない。

――ニコル、私、アトリアでも友達ができたわよ！

遠く離れたエルムにいる心配性の親友へ向けて、私は心の中でそう叫んだ。

そうだ。時間があればクラーラにも、刺繍の名前入りハンカチをプレゼントしよう。

もし私がいないところで、また涙を流すことがあっても、その涙を優しく拭ってあげられるように。

5　図書室でのお茶会

ランチタイムの時間になり、私はクラウス様がいる学園へと足を運んだ。学園の食堂で食事をとる場合は、基本的に侍女の同行は必要ない。……クラウス様がランチの時間くらいは一緒に過ごしたいってうるさいから、こうして向かっているけど。

寮生がテイクアウトできるようになっている、シェフが作ったボリュームたっぷりのローストビーフサンドイッチや、色とりどりの野菜サラダの入ったバスケットを片手に、私はクラウス様を探した。

テラスで待ち合わせって言っていたけど、この辺りかしら……。

昨日、コンラート様とマリー様に案内してもらったときの記憶を頼りに、私は庭園付近をうろうろと徘徊（はいかい）していた。ここはランチタイムの人気スポットなのか、華やかな女子生徒を中心に、テラスでランチを楽しむ生徒たちで溢れかえっていた。昨日はまったく人がいなかった時間帯に案内を受けたため、広がる光景の温度差に軽く眩暈（めまい）がしそうである。

……なんとなく、クラウス様はこの辺りにいそうな気がする。

それは、完全にただの勘だった。野生の勘——とでも呼べばいいのだろうか。ずらりと続くテラスのちょうど真ん中辺りに、クラウス様がいそうだなと思ったのだ。

すると、私が思っていた場所に、クラウス様がひとりで座っていた。

真剣な眼差しでアトリアの教科書に目を通しており、その姿を見ている周りの女子生徒たちがきゃぴきゃぴと色めき立っているなか、彼の周りだけべつの世界のように見えた。

クラウス様って、座っているだけで絵になるなぁ……。

元婚約者、そして現主人がとびきりかっこいいということを、なぜかこのタイミングで改めて思い知る。

思わず見惚れていると、クラウス様とばっちり目が合った。

「……ユリアーナ！」

私を見つけた瞬間、キリッとした表情が一瞬にして柔らかくなる。悪役令嬢の時代は、もっと険しい表情になるだけだったのに。

こうやってあからさまな好意を隠すことなく出されるのが、少し前までは理解できず、本当に反応に困っていた。しかし今は……私、嬉しいとか思ってる……？

自問自答の末、私は答えを出さぬまま、その問題ごとかき消すように頭をぶんぶんと横に振った。

そんな私を見て、クラウス様は首を傾げている。私は小走りでクラウス様のところへ行くと、バスケットを丸くて白いテーブルの上に置いた。

「お待たせしました。クラウス様」

「来てくれてありがとう。ユリアーナ。ごめん、本当は俺がユリアーナを探してあげるべきだと思ったんだが、ついさっきの授業の続きが気になってしまって……。よく見つけられたな。さすが、俺の専属侍女だ」

クラウス様は満足げに頬杖をついて微笑む。

たしかに自分でも、見慣れない場所と見慣れない人たちの中で、思ったよりもずっと早くクラウス様を見つけられた気がした。私って、意外に勘が鋭いのかしら……。

そこで、私はひとつの可能性に辿り着く。もしかして、私がクラウス様を見つける能力に長けているのって、元々の悪役令嬢ユリアーナが持っていた性質だったりしないだろうか。だって、小説でもユリアーナはいつもクラウス様のところに神出鬼没に現れていたし、クラウス様とリーゼがふたりでこそこそ恋を育んでいた時も、必ずといっていいほど邪魔しにきていた。

……ユリアーナはきっと、クラウス様を探し当てるのが得意なのだろう。謎の能力ともいえるが、専属侍女としてはありがたい力ではあるかも。あくまでも、私の勝手な想像に過ぎないが。

「どうしたんだ？　ユリアーナ。さっきから様子がおかしいけど」

「へっ？　な、なんでもないです。それよりお昼休みが終わってしまう前に、ランチの時間としましょうっ！　ねっ、クラウス様」

クラウス様が私を見つけてくれた時の表情に、きゅんとしてしまったような気がするとか、私はユリアーナだからこそ、クラウス様を見つけられるんだとか……そんなことを考えていたと知られたら、一日中――いや、この先一生クラウス様にからかわれるに決まっている。

私は誤魔化すようにバスケットを開いて、さっとテーブルクロスを敷き、クラウス様の前にランチを用意した。保温機能のある瓶に、お湯もばっちり用意してある。あとはお茶を淹れてあげるだけ――。

「ここにいたのか。クラウス」

「とーっても探しましたわ！　クラウス様」

私が瓶の蓋をぽんっと軽快な音を立てて開けたのと同じタイミングで、コンラート様とマリー様が、私たちの席までやって来た。マリー様の姿を見た瞬間、ドキッと心臓が跳ねる。

「もうっ。クラウス様ったらぁ。授業が終わった途端、どこかへ行っちゃうんですもの～」

頬を膨らませて、マリー様は不満を露わにした。しかし、かわいく見えるような怒り方だ。

この人が……午前中、クラーラを怒鳴っていた人と同一人物だなんて。私は思わず、マリー様を凝視してしまった。

「……なあに？　マリーの顔に、なにかついてる？」

その視線に気づいたのか、クラウス様だけを見つめていたマリー様の視線が、瞬時に私へと向けられた。にこにこと笑っているが、目がまったく笑っていないように見えて、逆に恐ろしい。

「い、いえ。なにも。今日もマリー様は、かわいらしいなぁと思いまして……」

私はマリー様の張りつけたような笑顔に怯んでしまい、ついそんなことを口にしていた。べつに無理にお世辞を言ったつもりはない。普通にしていると、マリー様はかわいい人なのだ。

「あらぁ！　あなたって、案外見る目がありますのね！　うーん、そうねぇ。あなたも侍女の中では、レベルが高いほうかと」

マリー様は満更でもなさそうに、口元に手を当てて上品に笑った。私は「はは
は……」と乾いた笑いを漏らすことしかできない。

「そんなことない。ユリアーナ、君は世界中のどの女性よりも素敵だよ」

私が苦笑いを浮かべていると、すかさずクラウス様が横から会話に入ってきた。しかも、とても優しく微笑みながら私を見つめて、こっぱずかしいセリフをコンラート様とマリー様の前でさらりと言ってのけた。

「……あ、りがとうございます」

そんなそんな、ご冗談を！と謙遜すればよかったのに、うまい対応が咄嗟に思い浮かばず、普通にお礼を言ってしまった。

「……クラウス様は、専属の侍女にとても甘いのですわねぇ」

私たちの関係を怪しむように、マリー様は変わらず口元に手を当てたまま言う。今度は目が笑っているが、手で隠された口元は一ミリも口角が上がっていないような気がした。

「ところで、ふたりはなにしてるんだ？　さっさとしないと、昼休みが終わってしまうぞ」

クラウス様がコンラート様とマリー様を交互に見ながら言うと、マリー様がちょうど空いているふたつの椅子のひとつに腰かける。

「僕たち、クラウスと一緒にランチを楽しみたくて。……お邪魔していいかな？」

続いて、コンラート様も最後の椅子に腰かけると、クラウス様に向かってにこりと微笑みかけた。マリー様と違い、とても自然な笑みだった。それだけで、なぜかひどく安心する自分がいる。

「…………」

「クラウス？」

「…………そうだな。一緒に食べようか」

一瞬眉をぴくりとひそめ、ものすごく長い間が空いたあと、クラウス様はやっとコンラート様の申し出を承諾した。表情は笑っているように見えるものの、目が完全に笑っていない。言葉と心がひとつもリンクしていないように思えたが、スルーしておく。

クラウス様なりに、アトリアに来たばかりで、歩み寄ってくれたクラスメイトを邪険に扱うことは如何なものかと考えた結果だろうから。

「わたくしとコンラート様の昼食は、シェフがもうすぐここまで運んでくれるのだけど、よければクラウス様も一緒にいかが？」

「いいや。俺はユリアーナが持ってきてくれたやつでじゅうぶんだから」

マリー様の厚意を、クラウス様がやんわりと断る。

そのうち、マリー様の家に雇われているシェフが本当にふたりぶんの料理を運んできて、昨日と同じメンバーでのランチタイムが始まった。

……お昼休み前、クラーラに一緒に学園に行かないかと声をかけたら、「マリー様は学園用のシェフがいらっしゃるから」と言い断られたのだが、こういうことか。お金持ちの貴族令嬢だからこそなせる業なのだろう。これが許されるなら、うちもマルコさんを帯同すればよかったのに。

「そのお茶、いい香りね。わたくしにもいただける？」

「あっ、本当だ。よければ僕にもいいかな？」

私がお茶を淹れていると、クラウス様以外のふたりにも、お茶をくれないかと頼まれた。

「もちろん。エルムで採れたラズベリーの葉で作られたリーフティーなんです。ぜひ召し上がってください」

てきぱきと用意して、三人分のリーフティーをテーブルの上にセットする。ああ、この感じ、初めてクラウス様が屋敷にマシューとリーゼを連れてきた時を思い出す。今も男女比は一緒だけれど、空気はまったく違う。特に、クラウス様のリラックス具合が。

そう思うと、クラウス様はマシューとリーゼには相当心を許してるんだなぁと思った。このふたりとも、アトリアにいる間、絆が深まっていくのだろうか。その様子を見守るのも、ちょっと楽しみだったり。

「ありがとう。……うん。美味しいな。ユリアーナはお茶を淹れるのが上手なんだね」

ひとくち飲んで、コンラート様が私にそう言った。

「そうですか？　光栄です。でも、私の働くシュトランツ公爵家には、もっとうまく淹れられる侍女がたくさんいますよ。私はまだまだ勉強中で……」

「へえ。そうなんだ。ユリアーナでもじゅうぶんすぎるくらいなのに。もっと自信を持って」

……優しすぎる！　コンラート様って、私のような使用人にも分け隔てなく接してくれる。アトリアの王族なんて、最高級のお茶をたくさん飲んで育ってきただろうに。そんな人に褒めてもらえたら、勝手に自信もついてくる。

私は褒められたことが嬉しくて、「えへへ……」と照れ笑いを浮かべていると、クラウス様があきらかにムッとしていた。

「お茶のことはさておき、今日の三限目の実習、すごかったですわ。クラウス様の魔法、威力がほかの生徒とは全然違うんですもの」

「僕も驚いた。おまけにコントロール力も抜群だったし」

「ああ、あれは俺の得意な魔法だったんだ。的に向かって魔力を放つのは好きだからね」

三人が授業の話で盛り上がり始める。

どうやら、いろんなターゲットに指定された魔法を放つという実習授業があったようだ。そこでクラウス様は、クラスの中でかなりいい成績を残していたとか。

——的に向かって魔力を放つのは好きって聞くと、盗賊や人さらいに躊躇なく魔法を放つクラウス様のことを思い出すわ。あの時も、たしかにコントロール力は抜群だったわね。

「クラウス様、マリーにも魔法を教えてくださいませ。できれば放課後、ふたりっきりのレッスンだと嬉しいですぅ」

マリー様はクラウス様の椅子に自分の椅子を近づけて距離を詰めると、肩を密着させておねだりし始めた。

「それなら俺じゃなくて、先生に教わったほうが……」

「でも、クラウス様のほうが教えるの上手そうだし。そうだ！　今度、生徒会室に遊びにいらして！　そこで、エルムの生徒会ではどんな活動をしているのかじっくり聞かせてほしいですわ」

「……なるほど。それはお互いのためになりそうだな。俺もアトリアの生徒会がどんな活動や企画をしているのか気になるし」

「でしょうっ⁉　決まりですわ！」

顔の前で両手を合わせて、マリー様は大喜びしている。なにかしらの理由をつけて、放課後をクラウス様と一緒に過ごしたかったのだろうか。

……クラウス様も了承しちゃって。マリー様にぐいぐい迫られて、満更でもなかったりして……。

そう思うと、また胸がもやっとした。

「ねぇユリアーナ」

もうあまり時間がないため、空になったカップを片付けていると、コンラート様に話しかけられた。

「君とクラウスって——本当にただの主人と侍女って関係？」

きらりと、コンラート様の青い瞳が光った。マリー様は相変わらずクラウス様に夢中なようで、こちらのやり取りに気づいていない。

突然の質問になんと答えたらいいかわからず、私は固まる。

「……どうしてそのような質問を？」

困った結果、質問を質問で返すという、面倒なことを言ってしまった。しかし、コンラート様はあっけらかんと答える。

「だって……昨日見た限り、そうには思えなかったから」

〝昨日見た〟っていうのは、なんのことを指しているのだろうか。

学園案内をされている時は比較的大人しくしていたし、覚えることに必死で、私とクラウス様は会話をすることすらほとんどなかった。あそこで疑われていることはほとんどない。

……それじゃあやっぱり、コンラート様が授業表を届けに寮へやって来た時のことか。

あからさまに私はクラウス様に迫られていたし、私も私で顔を熱くさせちゃったものだから、そのせいでなにかあると思わせちゃったのかも。

「……！」

「俺とユリアーナは、元婚約者なんだ」

マリー様と会話しながらも、こっちのやり取りも聞いていたらしく、クラウス様がコンラート様にそう言った。

「元、婚約者……？」

「どっ、どういうことですのっ⁉」

その言葉に驚いたのは、コンラート様だけでなくマリー様もである。

「そのまんまさ。俺たちは元婚約者。そこからいろいろあって、今はこういった関係性になってる」

「婚約者が専属侍女になるなんて、聞いたことがない話だな……。ユリアーナ、君って、元々は貴族令嬢だったとか？」

「……はい。一応」

今も伯爵令嬢であることには間違いないが、説明が面倒になるので流しておく。

そもそもそうでないと、クラウス様の婚約者という立場になれるはずがない。コンラート様もそのことを察した上で、質問してきたのだろう。

「わかったわ。実家が没落して、路頭に迷っていたんじゃなーい？　それでお優しいクラウス様が、あなたを振った代わりにお情けで雇ってあげたとか……。そんな感じ？」

両手を合わせて首を傾げて、きゅるんっという効果音が出てきそうなかわいい笑顔でマリー様に言われるが、ひとつも当たっていない。

「はは。それはまったくの見当違いだ。……立場が変わっても、俺たちの関係になんの影響もない。だろ？　ユリアーナ」

私が黙っていると、クラウス様がそう言った。

関係って――昔は相思相愛ではなかったため婚約者から主従関係に変わっているのだから、じゅうぶん影響を受けていると思うけれど……。同意を求められても、なんと言えばいいものか。

「ちなみに、婚約者時代のユリアーナは俺にべた惚れで、そりゃもうすごかったんだ。学園でも四六時中追い回してきてさ」

「その話はやめてくださいーっ！」

四六時中追いかけまわされることに嫌悪感を抱いていたくせに、今では武勇伝のように自慢げに語り出すのだから、勘弁してほしい。

「へえ、そうだったんだね？　あんまり想像がつかないな。でもそんなユリアーナを、僕も見てみたいよ」

「え？ なんでですか？ ……あ、怖いもの見たさってやつでしょうか？」

「……ははっ！ ユリアーナっておもしろいね」

なにがコンラート様のツボにハマッたのかわからず、私の頭にハテナマークが浮かぶ。

「残念だなコンラート。ユリアーナがそこまで夢中になるのは俺にだけだ。彼女のかわいい姿をお前が見られることは一生ない」

クラウス様の眉がピクピクと動き、早口でまくし立てるように言うと、コンラート様は「クラウスは手厳しいなぁ」と言いながらへらりと笑っていた。コンラート様も冗談で言っているに決まってるのだから、クラウス様もいちいち本気で返さなくていいのに。

「はあっ。この話、マリーはもう飽きちゃいましたわ」

背もたれにずるりともたれ掛かって、マリー様は足を組むと大きなため息をついた。

そしてマリー様があからさまな不機嫌モードに突入したところで、お昼休みの終了を告げるチャイムが鳴り響く。

「チャイムだわっ！ クラウス様、コンラート様、次の授業に向かいましょうっ」

マリー様はがたりと椅子から立ち上がると、両手でふたりの片腕をそれぞれ掴んだ。

しかしクラウス様は、すぐに掴まれた腕を振りほどく。

「ユリアーナ、またあとで。ランチ、一緒に過ごせてよかった。ありがとう」

そしてお礼を言うと、私の身体を引き寄せて額に軽いキスを落とす。その光景を見たマリー様を含む周囲の女子生徒たちから、悲鳴ともいえる叫び声があがった。

照れくささ半分、目立つことをしないでほしいという気持ち半分を抱えて、私は片手でキスされた額を覆ってクラウス様を見上げる。クラウス様は僅かに首を傾げて微笑んでいた。

「ほらクラウス様！　早く行きましょうっ！」

自然と作り出してしまった私とクラウス様の空間を引き裂くように、マリー様が声をあげた。そして再度クラウス様の腕を掴むと、学園内へと戻って行った。クラウス様はもちろん、コンラート様も去り際、私にひらひらと手を振ってくれた。

三人の後ろ姿が、リーゼとマシューと楽しげに歩くクラウス様の面影を呼び覚ます。

――悪役令嬢ユリアーナは、どんな気持ちでこの後ろ姿を見ていたのだろうか。

自分は決して、あの中には入れない。その疎外感は、私の胸をちょっとだけ締めつける。

この時、私は少しだけ……悪役令嬢ユリアーナの気持ちがわかった気がした。

留学して、あっという間に三週間が過ぎた。

アトリアでの生活にも、だいぶ馴染めてきた。それはクラウス様も同じようで、毎日アトリアで受ける授業を楽しみにしている。

私は私で、寮での侍女生活を思う存分楽しんでいた。クラーラが効率のいい洗濯方法や、寮の近くにあるお店など、私にとって有益な情報をいろいろと教えてくれる。

最近は、クラーラにあげる予定だった名前の刺繍入りハンカチが出来上がったためそれを渡すと、クラーラもニコルと同じくらい感激してくれていた。刺繍を教わりたいとも言ってくれて、久しぶりに人に刺繍を教えることにもなった。

ほかになにか変わったことといえば――クラウス様が、アトリアでもやはり人気者だということ。これは変わったというより、再認識したって言ったほうがいいかもしれない。

留学してすぐの頃は、コンラート様とマリー様以外の生徒は、クラウス様を遠巻きに眺めていることが多かった。しかし最近では、積極的に話しかける者も増えている。

お昼休みに待ち合わせをするたびに、女子生徒がクラウス様を見てはしゃいでいる様子を、この一週間は頻繁に目撃してきた。マリー様がいるとほかの生徒たちも話しかけづらいのか、近づいてはこないけど……。

そんな中でも、いつもクラウス様は私を見つけると変わらず嬉しそうに笑ってくれる。環境や周りの反応が変わっても、クラウス様はなにも変わらない。それが、どうしてか私を安心させた――が。

「……クラウス様が来ない」

異変は突然訪れた。

ある日の放課後、いつも真っ先に私に会いに寮に戻ってくるクラウス様が、いつまで経ってもやって来ないのだ。

自主練習での居残りや、なにか用事がある時は、いつも事前に教えてくれているし、私をその場に誘ってくれることも多い。そのため、こんなふうになにも言わず、戻ってこないことは初めてだった。

べつに、ただ単に急に予定ができただけかもしれない。放課後、同級生たちと遊びに行っているのかも。

それはクラウス様の自由であり、逐一私に報告して、私を同行させる必要もない。

私こそ、クラウス様が戻ってこないおかげで自由時間が増えるし、都合がいいじゃない。そうだわ。部屋に戻って、遅めのお昼寝でもしちゃおうっと。クラウス様が何時に戻ってくるかわからないし、三十分程度なら大丈夫よね……。

と、思っていたのに。

知らず知らずのうちに、私の足は学園へと向いていた。そして、あろうことかクラウス様を探し始めている。

――私、なんでこんなことしてるんだろう。戻ってこなくてラッキー！って、喜んでいたのに。

言動と行動がちぐはぐになっていることを不思議に思うが、すぐにひとつの結論へと辿り着く。これはただ、主の安否を確認しておかないといけないという、侍女としての義務感だ。これも侍女の大事な仕事であって、決して、クラウス様がなにをしているのか気になっているわけではない。

しばらく校内をうろうろするも、クラウス様の姿は見当たらない。専属侍女は放課後、学園内に出入りをすることが許されているため、そんなに生徒たちから奇異の目で見られることはなかった。

「ねえ、あれって、クラウス様の……」

こうやって、ひそひそと囁かれることはあるが、留学生のクラウス様は、今や学園内で時の人のため仕方がない。クラウス様がどこへ行ったか彼女たちに聞こうかと思ったが、私が歩み寄ろうとするとなぜかサーッとどこかへ行ってしまう。

……私、生徒でもないのに嫌われてる？

真意は謎に包まれたままだが、軽くショックを受けた。

そんなことよりも、クラウス様探知能力に長けていると思われていた私が、こんなにも見つけられないなんて。これは、どこか離れた場所へ行っているのではなかろうか。

せめてなにか手がかりを掴めないかと、隣の棟に作られた広い図書室の前で立ち止まっていると、中から誰かが出てきた。私はその人物を見ようともせず、下を向いてクラウス様がどこへ行ったのかを考えていると、急に上からぬっと影が落ちてきた。

「……？　あっ」

「なにしてるの？　ユリアーナ」

図書室から出てきたのは、コンラート様だった。手には三冊の本を抱えている。

「えっと……クラウス様を探してて。コンラート様、なにか聞いてませんか？」

ここでコンラート様に会えたのは、運がよかった。クラウス様は、今でもコンラート様とマリー様と一緒にいることが多いと言っていたから、なにか聞いているかもしれない。

「クラウスなら、マリーと街へ出ていったよ」

「……えっ」

「ユリアーナ、聞いてなかったの？　……まぁ。急遽決まった可能性もあるし、言いそびれちゃったのかもね」

「そ、そうですか。わかりました。ありがとうございます」

まさかマリー様とふたりきりで街へ出かけていたとは思わなくて、あきらかに動揺を露わにしてしまった。そんな私を見てか、すかさずコンラート様がフォローを入れてくれる。

……なぜ、コンラート様は一緒じゃないんだろう。ふたりで行く必要性があったのかしら？

私には関係ないことなのに。どうしても、考えずにはいられなかった。頭の中でぐるぐると、ふたりが街巡りを楽しんでいる様子を妄想してしまう。

「それでは、私はここで失礼いたします」

いつふたりが戻ってくるかもわからなければ、戻ってきたとして、私が邪魔になるかもしれない。そう思い、私はさっさと寮へ戻ることにした。

もう、部屋の片付けやお茶の準備もできているが、お茶はいくら保温機能があっても時間が経っているため、帰って淹れなおそう。

「待って！」

茶葉の残量を頭の中で数えていた私の腕を、コンラート様ががしっと掴む。袖から伸びる細い手首に綺麗な長い指には、思いのほか力が込められていた。

「……どうしましたか？」

振り向いて、未だに私の腕を放さないコンラート様に問いかける。いったいどうしたのだろうか。

「……君に頼みたいことがあるんだ」

いつになく真剣な表情と声色である。

「私に？」

「とりあえず、一緒に図書室へ来てもらえるかな？」

なにを頼まれるのか見当もつかなかったが、特に断る理由もない。時間もあるし、私にできることなら役に立ちたい。

そう思い、私はコンラート様と共に図書室へ足を踏み入れた。天井の高い図書室は、どこもかしこも本だらけ。三百六十度本棚に囲まれており、本がパンパンに詰められている。

案内の時は時間がなくて、中までしっかり見られなかったが、こんなふうになっていたんだ。窓からは外の光が差し込んでおり、もっと早い時間に来られたら、とても綺麗で気持ちのいい空間だろうなと思う。

エルム魔法学園の図書室もそれなりの本を揃えているが、もっと狭い。私はしばし、アトリアの図書室に目を奪われていた。

ニコルは本が好きだから、この景色を一緒に共有できたらよかったのになぁ。でもこれで、ニコルへの土産話がひとつ増えた。

「うちの学園の図書室、先代の国王が無類の本好きで、一度リニューアルしているんだ。未来のアトリアを担う若者に、いっぱい本を読んでほしいって」

「そうなんですね……！　すごく素敵です。本好きにはたまりませんね……！」

私は前世で入院中、本にはたいへんお世話になった。めちゃくちゃ本が好きっていうわけではないが、この光景を見て感動するほどには、本に触れていた気もする。

「コンラート様は本がお好きなのですか？」

「うん。暇があれば読んでるかな。歴史、雑学、創作物語……どんなジャンルにも手を出してるよ」

ということは、コンラート様も恋愛本なんかを読んだりしているのだろうか。ニコルの部屋にはそういった類の本がずらりと並んでいたが、同じようなものをコンラート様が読んでいるのはまったく想像がつかない。

「だけど、最近は本を読む人が激減してさ。それを増やすためにリニューアルしたのに、全然なんだ。ほら、今だって、僕らしかいないだろう?」

「……たしかに、言われてみれば」

これだけ広く、快適な図書室なら、放課後に来る生徒がいそうなのに。

コンラート様によると、自習室は学園内にべつに用意されており、そっちに行く者が圧倒的に多いとか。

「僕がいるのがいけないのかな。王族がいると、変に気を遣うって言われちゃうし。……前は頻繁にマリーが訪ねてきたけど、彼女は本にまったく興味がないからね。ここへ来ても雑談をするだけだったよ」

きっとコンラート様は、おすすめの本を紹介し合ったり、感想を語り合ったり、そういうことがしたいのだろう。ニコルもそれがしたくて、私に本を押しつけたりしてきた。そして実際、そのあと感想を語り合う時間は楽しかった。

「ごめん。話が逸れちゃったね。ユリアーナに僕の愚痴を聞かせる気なんてなかったのに」

「いえ！　とんでもありません。私でよければいつでも。それに、おすすめの本があればぜひ教えてほしいです」

「……本当に？」

目を丸くするコンラート様に、私は大きく頷いた。するとコンラート様は嬉しそうに、「今度何冊か持ってくる」と言った。いつも大人っぽいコンラート様から、本に触れている時は少年っぽい無邪気さを感じる。

……クラウス様も宝石店に行った時、こんな感じだったな。

石が好きなおじい様の話をしながら、宝石を見るクラウス様の瞳は、いつもの何倍も輝いていた。人は大事な思い出や好きなものに触れると、知らず知らずのうちに、内にある想いがいろんな形で外に現れるのだと、私は思った。

「それで、ユリアーナに頼みたいことがあるんだけど……」

「あっ。そうでした。なんでしょうか？」

すっかり、ここへ一緒に来た元々の理由を忘れていた。

コンラート様は手に持っていた三冊の本のうち、二冊をテーブルに置くと、残りの一冊を私に差し出す。

「この本、僕のお気に入りなんだ。アトリアを舞台にした魔法冒険ものの話なんだけど、すごく古い本で。これまでは、なんとか読めていたんだけど……」

コンラート様のお気に入りの本とやらは、見ただけでわかるくらいにぼろぼろになっていた。手に取ってページをめくると、破れている箇所はもちろん、謎の染みで文字が滲んでいるところもちらほら。紙もパリパリになっている。これだけ年季の入った本を見たのは初めてだ。

「これではもう、読むのは難しそうですね……」

「そうなんだ。文字は最初から滲んでいて、なんて書いてあるのかすごく気になって。……それで、よければなんだけど……ユリアーナ、この本を直してもらえないかな？」

気まずそうに、しかし切実そうに、コンラート様は言った。

——私、コンラート様に私が持っているギフトの話をしたことあったっけ？

記憶をどれだけ辿っても、そんな覚えはない。でも、知っていなければ、私にぼろぼろになった本を直してほしいなんて発想は出てこないはずだ。

「えっと、どうして私に？」

「マリーから聞いたんだ。君がエルムの精霊から、〝修復魔法〟のギフトを授かってるって。それで今日、僕のぼろぼろの本を見て、ユリアーナに頼んでみたらどうかってアドバイスをくれたんだ」

マリー様から⁉　クラウス様がマリー様に言ったのだろうか。しかし、クラウス様は私のギフト能力を大っぴらにすることに、あまり積極的ではないということを知っている。

その時、私の頭の中にもうひとりの人物が思い浮かんだ。それはマリー様の専属侍女のクラーラである。

私が直してあげたガラス細工はクラーラの部屋に移動させたはずだけど、元通りに直っているガラス細工をマリー様に見られたのだろうか。マリー様に詰め寄られて、半泣きで白状するクラーラの図が、いとも簡単に目に浮かぶ。

真実はわからないが、とりあえず、ギフトの話はマリー様にもコンラート様にも知られてしまったということだ。どこまで広がっているのかはわからないが……極秘情報なわけでもなく、隣国だし、バレたところでそれほど大きな問題にはならないだろう。実際、普通はギフトをもらったら公開する人のほうが多いのだから。

「……わかりました。でも、内緒ですよ？」

一応、ギフトのことを言いふらさないよう、コンラート様に念を押す。本を直してあげたことが広まって、あちらこちらから修復を頼まれるなんてことになったら、仕事がまともにできなくなってしまう。

「もちろん。君に迷惑をかけるようなことはしないって約束する」

僅かな時間しか一緒にいたこともなければ、ふたりで話したことも今日が初めて。だけども、これまでのコンラート様を見ていたら、彼は信頼できる人だと思った。

……エディの時もそう思って、結果あんなことになったんだけどね。結果的にエディは根っからの悪者ではなかったから、私はよしとしているのだが。そう言うと、いつもクラウス様に「ユリアーナは甘すぎる！」と怒られる。

「わかりました。では、少々お待ちください」

私はコンラート様の本をテーブルに置いて、手をかざすといつも通り修復魔法を発動した。最初は表紙に描かれた絵が鮮明に浮かび上がり、次にページがパラパラとめくられ、傷ついた箇所を光が直していく。

光が収まると、ぼろぼろだった本は、本来の姿に戻っていた。

「……この本、こんな表紙をしていたんだ」

初めて手にした時から汚れていたからか、コンラート様は初めて本の表紙をまともに見ることができたらしい。

感激した様子で本を手に取ると、コンラート様はページをめくっていく。

「すごい！　滲んでいた文字も、完璧に読めるようになってる……！」

興奮気味に言うと、コンラート様は勢いよく私のほうに振り向くと、満面の笑みでこう言った。

「ありがとうユリアーナ！　君のおかげで、またこの本を楽しめるよ！」

「ふふっ！　どういたしまして。コンラート様の楽しみをひとつ増やせて嬉しいです」

あまり感情を表に出すタイプではないと思っていたコンラート様が、ものすごく喜んでくれているのがビシビシと伝わって来て、私まで幸せな気分になる。

「もし時間があるなら、ここで少し話さない？　図書室にもお茶とお菓子を用意してあるんだ。さっき僕が補充した新しいお菓子があるから、ぜひユリアーナに食べてもらいたいな。本のお礼をどうするかの話もさせてほしい」

「そんな！　お礼なんていらないです」

「いいや、それじゃあ僕が納得いかない」

お礼を断ると、コンラート様は不服そうにしている。

どうしたらいいのだろう……あ。

「それじゃあ、その新しいお菓子とやらをお礼にしてもらってもいいですか？　ちょうど甘いものが食べたい気分だったので」

「……そんなのでいいの？　もっと欲しいドレスとか、宝石とか」

「いえ、そういったものはいりません。だったらこの空間でコンラート様とお菓子を嗜むほうが、ずっと贅沢ですので」

「……………」

　私がそう言うと、コンラート様は一瞬黙り込む。

　実際、侍女の私が隣国の王子とふたりでお茶とお菓子を楽しむなど、贅沢以外のなんでもないのだから、そこまで変なことを言ったつもりはないのだけど……。

「君がそう言うなら、そうしよう。それにしても……ユリアーナって、変わってるね。もちろん、いい意味で」

　コンラート様はそう言うと、図書室の隅にある棚からお菓子と紅茶セットを取り出した。

「手伝います！」

　私もすぐに動いて、用意された紅茶を淹れる。簡易的なものだから、お湯を注ぐだけだが、コンラート様にそんな作業をさせるわけにはいかない。

　紅茶のいい香りが図書室に漂い、アーモンドと生キャラメルがたっぷり入ったフロランタンの甘い香りも、徐々に香ってくる。

私はコンラート様と向かい合わせに座ると、ひと時のお茶会を楽しむことにした。……街まで出たのだから、どうせクラウス様はまだ戻ってこないだろう。

「う〜ん、美味しいっ」

ぱくりとフロランタンを食べると、口内に幸せが広がった。

「これ、王宮のシェフの手作りなんだ。僕はいつでも食べられるし、ユリアーナがたくさん食べて」

「いいんですか⁉　それじゃあ遠慮なく……」

手が止まらなくて、お皿に並んだフロランタンをぱくぱくと口に運ぶ。まるで、マフィンにがっつくマシューのようだ。

話せば話すほど、コンラート様の好感度は上がっていく一方だ。

「ずっと思っていたんだけど、ユリアーナってすごくかわいらしい女性だね」

突然さらりとそんなことを言われ、フロランタンを食べる手が止まる。

「えっ？　そんなことないですよ。私よりかわいい子なんて、この学園にたくさんいるじゃないですか」

見ていないところで頭でも打ったのかと、コンラート様のことが心配になる。それとも、本を直してくれたお礼に、私を精一杯おもてなししようと考えているのだろうか。それでわざわざ思ってもいないことを……。

「クラウスも、毎日学園で君のことをかわいいと言っているよ。本人がいないところでもずっと。〝ユリアーナはかわいい〟って」

「なっ……！　も、もう、クラウス様ったら。恥ずかしいから、やめてほしいです」

学園でのクラウス様の裏話を初めて聞いて、途端に私は恥ずかしくなった。ぽっと熱が上がった気がして、熱くなった顔を隠すように紅茶をぐびぐびと喉に流し込む。

「ふっ……ははっ！」

その様子を見ていたコンラート様が、突然笑い始めた。紅茶を水のように飲む姿が、あまりに滑稽だったのだろうか。どうしよう。せっかくお茶に誘ってくれたのに、完全にやらかした！

「ユリアーナって、一途だよね」

ドン引かれたと思って焦っていた私に、意外な言葉が投げかけられる。

「……一途？」

「うん。だって、僕がかわいいって言ってもあっけらかんとしていたのに、クラウスが言っていたって伝えたら――急に頬を染めるものだから。あまりに素直な反応で、笑っちゃった」

無自覚に、そんなにわかりやすい反応をしていたのかと、また顔が熱くなった。でも、頬が染まったからといって、一途には繋がらない。あれは、クラウス様が外でも恥ずかしいことを惜しげもなく言っていることに感じた恥ずかしさであって、それ以上の深い意味などない。

「クラウスはいいなぁ」

「なに言ってるんですか。コンラート様だって、モテモテでしょう？　そんなにかっこよくて、私のような人間にもお優しいのですから。ご令嬢様たちが、放っておくわけがありません」

この前クラーラから、コンラート様には婚約者がいないと聞いた。あまりに人気で、争奪戦に決着がつかないとか？　それとも、コンラート様自身がまだ、婚約や結婚に前向きではないのかも？

「うーん……たしかに、モテていないって言えば嘘になるかな。でも、僕は誰に対しても平等なんだ。たとえ誰かに言い寄られて、好意を伝えられても、特定の相手を特別扱いしたいって思ったことがなくて。……これってたぶん、誰かを好きになったことがないっていうことだよね」

寂し気に目を伏せて、コンラート様は話を続ける。

「僕がずっと同じ態度を貫いていると、知らぬ間に、僕を好きだと言っていた女性たちは、みんなほかの誰かと婚約したり、付き合ったりしているんだ。自分が愛を返さないくせに、愛し続けてほしいなんておこがましいことを思っているわけじゃあないんだけど……。つい最近まで僕を好きだと言っていた人が、次の日にはべつの人を好きになってる。そういうことが何度もあると……誰かを好きって感情が、よけいわからなくなって」

「……そんなことが。でもたしかに、脈のない相手をずっと追いかけ続けるのは、とてもたいへんで、時には虚しさに押し潰されそうになりますからね」

その人に愛してほしくて愛を与えていたら、少しも返ってこないといつか限界がくる。見返りを求めていない愛だったら、また違ってくるのかもしれないけれど。

「なんだか、経験者みたいな物言いだね。ユリアーナは、ずっとクラウスに愛されてきたんだろう？」

「そう思いますか？　実は、違うんです」

私は、私が前世の記憶を取り戻すまでの、小説通りの冷たいクラウス様の話をした。もちろん、私の性格が悪かったことを大前提に。話を聞きながら、コンラート様は興味深そうに相槌を打っていた。

「――なるほど。クラウスの変化もすごいけど……冷たくされてもずっと、君はクラウスを好きだったんだね」

「まぁ……ユリアーナは、そういう女性でしたから。今は違いますけどねっ⁉」

この辺は、なんと説明したらいいかわからない。

小説家に作り上げられたユリアーナという女性は、なにがあってもクラウス様を愛し、クラウス様を愛し続けたことで破滅した悪役令嬢。行動に褒められるものはひとつもないが、誰よりも一途だったことに間違いはない。

「俺からしたら、君は今も一途なままに見えるよ。……そういう女性もいるんだなぁ。本の世界だけだと思ってた」

ある意味、コンラート様の言うことは合っている。だって、私も一応、本の世界の住人だから。今は意思を持って、シナリオに抗わせてもらっているが。

「なんだか、ますますクラウスが羨ましくなったよ。僕もそこまで、誰かに一途に愛されてみたい」

そう呟いたコンラート様の言葉は、心からの願いに聞こえた。

「じゃあまずは……コンラート様が誰かを一途に愛するところから始めてみたらいいかもしれませんね」

「……本当に、その通りだね。自ら誰かを愛せたら、僕も変われるだろうか」

「はい。きっと」

私が微笑みかけると、コンラート様も眉を下げて笑った。

「……はぁ。こんないい子がそばにいるのに、なんでクラウスは……」

眉を下げたまま、コンラート様は小さなため息を吐いて微妙そうな顔を浮かべている。クラウス様が私になにも言わずマリー様と出かけたことを言っているのだろうか。

図書室の窓から見える空は、いつの間にかオレンジ色に変わっている。テーブルの上のお菓子も、紅茶も、ちょうどなくなった。

「そろそろ行こうか」

「そうですね。今日はありがとうございます。とても楽しかったです」

「こちらこそ。本を直してくれたことも、話を聞いてくれたことも、両方に感謝してる。また誘ってもいい？」

「はい。機会があればぜひ」

ここへ来てからというものの、クラウス様とクラーラ以外と会話をすることがほとんどなかったから、コンラート様との時間は、私にとっても新鮮で有意義なものだった。

使った食器を片付けて、図書室をあとにする。

コンラート様は門まで迎えが来ているため、そこまで一緒に行こうという話になった。ふたりで歩いているところをほかの人に見られるのはどうかな……と思ったが、日暮れ前だからか、生徒たちはほとんどいなくなっていた。

私はコンラート様を見送ると、もうしばらく、門でクラウス様を待つことにした。コンラート様も一緒に待っていてくれると言っていたが、もう馬車も来ていたため、気持ちだけありがたく受け取ることにした。

……まだ寮に帰っていないと踏んでここにいるけど、もしかしたら、入れ違いになっている可能性もあるわよね。

既にクラウス様は寮に戻っていて、私のことを探していたりしたら、完全なる入れ違いだ。一度おとなしく寮に戻ってみるのが得策かも。

そう思い直し、私が寮に戻ろうとすると、門の向こう側から、マリー様の笑い声が聞こえた。

「うふふっ！　クラウス様ったら！」

なにを話しているのかわからないが、遠目でも、距離の近いふたりが見える。マリー様の高い笑い声があがるたびに、その時間がふたりにとって楽しいものなのだと、教えられているみたいだ。

「マリーは面白い子だな」

次第に距離が近づいて、クラウス様の声も聞こえてきた。……いつの間に、マリー様を呼び捨てするようになったのだろう。

仲良くマリー様と肩を並べて、笑い合っているクラウス様が私の視界に飛び込んでくる。私はなぜか、その光景からさっと目を逸らしてしまった。

この行き場のない気持ちをどうしたらいいのか。胸のもやもやが止まらない。最近の私は、ずっとこのもやもやの行先を探して、苦しんでいる。もしこれが……嫉妬なんだとしたら、私はクラウス様に特別な感情を抱いていることに……。

――私がクラウス様を好きになったら、私たちの未来はどうなるんだろう。シナリオなんて関係なく、幸せになれるのかな。

そう思ってすぐ、私は我に返る。

小説のエンディング……クラウス様が学園を卒業するまでは、恋だの愛だのしている場合じゃないって決めたじゃない！

変な気を起こして、結局破滅なんてしたら、私がしてきたことが全部無駄になる。

私がクラウス様への気持ちに名前をつけていいのは――エンディング後の世界で、

私が断罪されていない時。

それまでは……主人と侍女の関係のまま、平和に生きていけたらそれでいい。

私は自分で自分を奮い立たせることで、鉛を飲み込んだような気持ちを跳ね返すと、そのままクラウス様に声をかけることなく、ひとりでその場を立ち去った。

6　所有の証

先に寮に戻ると、侍女用に部屋が設けられているフロアの入り口に、見知った人影があった。

「クラーラ！」

「あっ、ユ、ユリアーナ……」

クラーラは終始落ち着かない様子だ。

とりあえず部屋に招き入れようと思ったが、クラーラの部屋が近いため、そちらにお邪魔させてもらうことになった。

椅子に座るよう促され、クラーラは気まずそうな顔を浮かべて私の横に立ち尽くしたまま、なかなか口を開かない。

「どうしたの？　私に用があって、待っていたんでしょう？」

「そうなんだけど……その、ごめんなさいっ！」

クラーラは耐えきれなくなったように、私に頭を下げて謝った。まず、なんに対しての謝罪なのかを教えてほしいところではあるが……大体、見当はついている。

「マリー様に……ユリアーナのギフトのことを話してしまって……」

やはり、私の予想は当たっていたようだ。

「うん。だろうなって思ってた。でも、なにか事情があったんでしょう？　怒ってないから顔を上げて。それより、マリー様にまた怒られたりしてない？」

心配になってクラーラの顔を覗き込むと、目尻に涙をためたクラーラが、私の言葉を聞いてぽかんとしている。

「……怒ってないの？　どうして⁉　勝手に喋ったのに！」

なぜか私がクラーラに詰め寄られるという、変な構図になっている。

「私も絶対言うなって口止めをしていたわけじゃないし……さっきも言ったけど、事情があったのかなって。たとえば――私が直してあげたクラーラのガラス細工がマリー様に見つかって、どうやって直したのかマリー様に問い詰められた、とか」

「……すごい。全部当たってる。もしかして、ユリアーナってエスパーなの？」

エスパーなんて超能力を持っていたら、悪役令嬢ユリアーナは断罪されるなんてバッドエンドを迎えなかったと思う。

それよりも真顔で私に問うクラーラがおもしろくて、思わず吹き出しそうになった。クラーラって天然なのかしら。

「ほら。あそこにガラス細工を置いているでしょう。きちんと自分の部屋に移動させていたんだけど、今朝急に、マリー様がやって来て……。早めに目が覚めたからお茶を淹れろって用事だったんだけど、その時、ガラス細工が見つかっちゃったの」

クラーラは、棚の上に置いたガラス細工を指さして言う。

その流れで、クラーラはうまく誤魔化せずに話してしまったと。

「マリー様は自分以外の女性が注目を浴びることを嫌がるから、逆にユリアーナがギフトを持っていることは、口外しないと思うんだけど……大丈夫だった？　私、ずっとそれが気になってて。すぐに言えなくてごめんなさい」

居ても立ってもいられなくなり私の帰りを待っていてくれたのだろう。そんなクラーラを遅くまで待たせてしまったことに、私は罪悪感を感じた。

「大丈夫――って言いたいところなんだけど、コンラート様にはバレちゃったみたい」

「コンラート様にっ⁉　……いちばん言わなそうな相手なのに、どうしちゃったのかしら。マリー様」

クラーラの言うように、ほかの人が注目されることを嫌う性格なら、たしかにコンラート様に敢えて伝える理由がなさそう。

それなのに敢えて言ったってことは……コンラート様を私に近づける理由を作りた

かったようにも思える。

まさか、クラウス様と話すのに私が邪魔だから……とか？

内心、そんな想いが頭の中を駆け巡ったが、勝手な想像で決めつけるのはよくない。

「どうしたのユリアーナ。もしかして、コンラート様に知られてしまったことで困ったり……」

「へっ？　全然、そんなことないわ！　だから、クラーラはなにも心配しないで」

私は再度クラーラを宥めると、クラーラは遠慮がちに頷いた。

アトリアではギフトを使う出番はあまりないと思っていたが、既に二回もあった。

もしかすると、これから増えていくかもしれない。

でも、それが人の役に立つことなら、私は進んで修復しようと決めた。

そろそろ晩餐の時間になるため、私は一度クラウス様の部屋へ向かった。晩餐は寮生用の食堂で食べるか、決められたメニューの中から選びそれを部屋で食べるかが基本である。

クラウス様、今日は長い時間外出していたようだし、どこかで食べてきたのかも。

そう思って、一応晩餐は必要かどうかを確認することにした。

さっき学園に戻って来ていたし、さすがに部屋にいるとは思うけれど——これで姿がなかったら、マリー様の部屋にいるって考えちゃうわ。

そう思うと、部屋の扉を開ける前にやたらと鼓動が速まった。ノックをして、ドアノブに手をかける。

「クラウス様、失礼いたし——」

「ユリアーナ！」

ます、と言い終わる前に、勢いよく向こう側から扉が開いた。

……よかった。ちゃんと部屋に帰ってたのね。

「帰るのが遅れてごめん。戻ったら俺の部屋にいなかったから、君の部屋にも行ったんだけど……どこに行ってたんだ？」

私はクラウス様が寮に戻ってくるまで、クラウス様の部屋で待機するようにと言われていた。それなのに今日は私がいなかったから、クラウス様も焦ったようだ。その焦りが、表情に表れている。

「クラーラの部屋です」

「……ああ、前言っていた、仲良くなったマリーの侍女か」

クラウス様の表情が、焦っていた様子から安堵へと変わる。

「そう言うクラウス様は、どこに行ってらしたのですか？」

既にコンラート様から答えは聞いているが、わざと知らないふりをして聞いてみた。

「え？　俺は突然用事が入って、近くの街に出てたんだ。同じクラスの女子生徒がユリアーナに伝言しておいてくれるというから頼んだんだが……聞いてなかったか？」

「いえ。なにも……」

伝言？　そんなことは知らない。だって、誰も私に声をかけてこなかった。

「……そうか。ちゃんと伝わってなかったのか。ごめん」

クラウス様は額を押さえて、小さなため息を吐く。嘘をついているようには見えない。きっと、伝達ミスが起きてしまったのだろう。

「それで、街には誰と？」

「えっ？」

私が聞くと、クラウス様の声が微かに上ずった。

クラウス様は少しばつの悪そうな顔をしたあと、口を開く。

「マリーと。でも、変な意味はない」

「そうですか。でも、ずいぶん楽しそうに話してましたよね」

「！　見ていたのか？」

「ええ。門で待っていたらあまりにおふたりが楽しそうにしていらしたので、空気を読んでお先に退散させてもらいました」

自分では普通に言ったつもりなのに、どこか棘のあるような言い方をしてしまった。

そしてその棘に、クラウス様も気づいたようだ。

「……ユリアーナ、怒ってる？」

「いえ、べつに」

私はぷいっと顔を逸らす。

こんなの、怒っていると言っているようなものだ。私、なにしてるんだろう⁉

「そうかそうか。ユリアーナ、俺がマリーと出かけたことに嫉妬してくれたんだな」

「だから、違うって言ってるじゃないですか！」

「そんなかわいい反応で否定されても、説得力がない」

クラウス様はくつくつと笑って、嬉しそうにしている。

私はあんなに心配したのに、ひとりで楽しそうに……。なんだか腑に落ちない。

「俺がいないと、退屈だった？」

私の頬に優しく触れて、強制的に自分のほうへ向かせると、クラウス様はにやりと口角を上げる。

「……いいえ？　コンラート様が、私の相手をしてくれましたから。ちっとも退屈じゃありませんでした」

意地悪をしてくるクラウス様が望む言葉なんて、絶対言ってあげないんだから。

「……コンラート？　なんでコンラートと一緒にいたんだ？」

一気にクラウス様の顔色が変わる。戸惑いの中に若干の怒りが混ざったような、そんな表情を浮かべている。

「クラウス様が戻ってこないので学園に行ったら、ばったり会ったんです」

「それで？」

自分はマリー様となにをしたか言わないくせに、どうして私はこんなに問い詰められなくてはならないのか。不満に感じたが、言わないと変に誤解をされそうだし、クラウス様のことだから、言うまで解放してくれないだろう。

「マリー様にギフトのことがバレて、コンラート様にも伝わっていたようなので、本を直してあげました。そのお礼にお菓子をごちそうになりました。それだけです」

私は正直にあったことをすべて話す。しかし、クラウス様の表情は険しくなるばかりで、全然納得いかないという感じだ。

「ギフトがバレたことに関しては事情があるとしても――ふたりでお茶をしたのは気

に入らないな」

「あくまでお礼として、ですよ」

「そう思ってるのはユリアーナだけで、コンラートにはべつの思惑があったかもしれないじゃないか」

それはクラウス様の考えすぎだ。ギフトのことがあったから、コンラート様は私に頼み事をしたにすぎない。それ以外で、わざわざ私とお茶したいなんて思うはずもない。

「コンラートとはなんの話をしたんだ？」

「……どうしてそこまで細かく言わなくてはならないのですか。普通の世間話ですよ」

自分はマリー様とふたりきりで出かけておいて、私のことをすべて知りたがるのが、なんだか癪に障った。クラウス様がマリー様と出かけるのなんて、クラウス様の自由だってことはわかっている。なにも悪くない。それでも、ムッとしてしまったのだ。

「もういい。よくわかった。ユリアーナは俺の目がないと……平気でコンラートとふたりきりになるんだって。……悪い侍女だな、君は」

「クラウス様――きゃっ！」

反発する私にしびれを切らしたのか、クラウス様は私の腕を強く引くと、そのまま近くにあったベッドへと押し倒した。

身体を起こすより前に、クラウス様が覆いかぶさってきて、顔の横に手を置かれる。

――に、逃げられない。

急に、変な意地を張ってしまったことを後悔する。しかし、時既に遅しとはこういうことである。

「あの、クラウス様……なにを……」

怒りを含んだ冷めた顔で、かつ無言で私を見下ろすクラウス様に、私はしどろもどろになりながら言う。

すると、クラウス様は私の首元に顔を埋めてきた。

「ちょっ、クラウス様⁉」

「もう一度、君に追跡魔法をかける。そうでもしておかないと、嫉妬でおかしくなりそうだ」

追跡魔法って……以前、私がシュトランツ公爵家から出て行くのだと勘違いしたクラウス様が、私に隠れて勝手にかけた魔法――。

その方法は、追跡したい相手に傷をつけること。そしてその傷が消えるまで、追跡魔法をかけられた側は、かけた相手に居場所を知られることになる。

クラウス様はその方法のひとつとして、私にキスマークをつけた。つまり、今回も同じように……。

「だ、だめです！　そんなところにつけたら……っ！」

首なんて目立つところにつけられたら、明日からの生活が非常に困る。首の詰まった服だって、今回は一着しか持ってきていない。ボタンをいちばん上まで閉めても、首の上のほうにつけられたりしたら完全にアウトだ。

キスマークなんてつけて仕事をしていたら、アトリア学園の侍女たちにどんな目で見られるか……。

『いやだわ、ユリアーナって、主人の夜伽相手も兼ねているのかしら』

『もしかしたら、外でこっそり遊んでいるのかもしれないわ』

『シュトランツ――いや、エルムの侍女って、なんてはしたないの！』

頭の中に、侍女たちにそうやって噂されている図が浮かんでゾッとする。

そうこう考えているうちに、首元に柔らかく生暖かい感触がした。……こ、これは、クラウス様の唇……！

「クラウス様、わかりました！　わかりましたから！　……追跡魔法をかけられるのは受け入れます。ただ……目立たないところにしてください。お願いします……」

私のせいで、エルムの侍女の品位を落とすことはしたくない。いいや、それ以上に、クラウス様の唇の感触に意識が集中してしまって、心臓が爆発しそうなほどドキドキしている。

このままではドキドキで破裂する！そう思い半泣きになって懇願すると、クラウス様は首元に埋めていた顔を上げ、ゆっくりと私を見上げた。

「こんなに泣きそうな顔をして……さっきまではあんなに威勢がよかったのにな？」

そう言って、悪い笑みを浮かべている。

「懸命にお願いするユリアーナがかわいかったから、言うことを聞いてあげるよ」

「ほ、本当ですかっ？」

「ああ。俺はそんなに鬼じゃないし、君にはとびきり甘いからな」

にっこりと微笑むクラウス様を見て、私はベッドの上で安堵した――のも束の間。今度はクラウス様の手が、器用に胸元のリボンを解いたかと思うと、ブラウスのボタンを上から外し始めた。

「なっ……なにを……」

あまりに予想外な行動に、私の思考は停止する。阻止したいのに、なにをされているのか頭が追い付かず、他人事かのようにクラウス様の手がボタンを外すサマを眺めている。

「クラウス様⁉　や、やめてください！　恥ずかしいですっ！」

自分が置かれた状況をやっと頭が理解しだしたところで、強烈に恥ずかしくなった。男性に押し倒されてボタンを外されるなんて、生まれてこの方一度も経験がない。

「目立たないところにしろと言ったのは、ユリアーナだろう？」

「言いましたけど……でも、どこにつけるつもりで……！」

しかも相手がクラウス様となると、照れくささが尋常ではない。クラウス様は私の質問に行動で答えるように、ちょうど胸の部分に差し掛かったところで手を止めると、ブラウスを思い切り横に開いた。そのせいで、私の胸元が露わになる。

「きゃあっ！」

慌てて両手で隠そうとしても、クラウス様がそれを許してくれない。

「君のお望み通り、目立たないところにつけてあげるよ」

そう言うと、クラウス様はキャミソールからはみ出た私の胸の上部にちゅっと吸い付いた。ピリッとした微かな痛みが一瞬走る。

「うん。綺麗についた」

クラウス様は私の胸元についた赤いキスマークを愛おしげに撫でると、それは満足そうな顔をして笑って言う。

「……よければユリアーナもつける？　同じところにキスマーク。まぁ、俺はどこにつけられても構わないけどな」

制服のジャケットをばさりと脱ぎ去って、右手でネクタイを緩めながら、色気むんむんでクラウス様が私に迫ってくる。こ、このままじゃ襲われる……！

「……ク、ク」

「？　どうした？　ユリアーナ」

「クラウス様の変態っ！」

私はクラウス様の足の間から自分の半身を脱出させると、勢いでベッドから飛び降り、胸元を隠して部屋から出ようとした。しかし、ドアの目の前でクラウス様に腕を掴まれそのままぐいっと後ろに引き寄せられる。

「……変態って、昔の君は俺によくああいったことをしていたのになぁ」

「知りません！　今の私とは違うんですから！」

悪役令嬢ユリアーナがクラウス様にお色気作戦を実行しまくっていたことは、クラウス様から何度も聞かされている。当時、クラウス様はそれに嫌悪感を抱いていたようだが、今となってはおもしろおかしくそれをネタに私をからかうのだから、勘弁してほしい。

「あとこれ、忘れてる。俺が付け直してあげようか？」

後ろからぬっとクラウス様の手が伸びてきて、そこには解かれたばかりのリボンが握られていた。

「結構です！」

「あれ。てっきりそうしてほしくてわざと忘れたのかと思ったのに」

そんなわけあるか！と、心の中で叫びながら、私はクラウス様の手からリボンを抜き取ると、そのまま部屋を出て行った。……あ、肝心の、晩餐をどうするかっていうのを聞くの忘れちゃった。

食堂が閉まるまではまだ時間があるし、私の心が落ち着いてから再度訪ねても大丈夫よね……。

それにしても、こんな場所にキスマークをつけられるなんて。目立たないところとは言ったけど……！　せめて背中とか、二の腕とか、もっとあったじゃない！

部屋に戻ると、私はバッグのポケットに入れっぱなしにしていた、ニコルにもらった魔法具を取り出した。

これで通信ができるのは、合計二回。使うタイミングを間違えるなとニコルに言われたけれど……ええい、使っちゃえ！
私はボタンを押して、通信が繋がるのを待つ。魔法具は一定の間隔で光輝き、その輝きがプッツリと止まると……。
《……ユリアーナ？》
魔法具から、ニコルの声が聞こえた。
「ニコル⁉ よかった。ちゃんと通信できた！」
《久しぶりね。声を聞く限り、元気そうでよかったわ。アトリアはどう？ うまくやれているの？》
「ニコルも元気そうでよかった！ ええ、なんとか。友達もできたし、楽しくやっているわ」
ニコルと話すと、実家のような安心感を覚える。同時に、シュトランツの屋敷が猛烈に恋しくなった。
《それで、どうかしたの？ 通信をしてきたってことは、緊急事態でも起きた？》
「あ……えっと、緊急事態っていうわけじゃあないんだけど……その……」
《なによ？ 歯切れが悪いわね。気になるじゃない》
今さら、こんなことで通信するなと、ニコルに怒られそうな気がする。だが、もう繋いでしまったのだから仕方ない。一回の通信を無駄にするわけにもいかないし。

「ニコルにしか聞けないことがあって。……胸元のキスマークの意味って、知ってる？」

《………………》

「……ニコル？」

急に魔法具が無音になり、通信が切れたのかと心配になる。

「ニコル？　聞こえる⁉」

《……あっ、ご、ごめんなさい。まさかそんな質問をされるとは思ってもみなくて、ひとりで固まっちゃったわ》

「そうよね。いきなりごめんなさい。でも、誰かに聞いてもらわないと落ち着かなくて……こんなこと聞けるの、ニコルしかいないし」

前にクラウス様から内緒で追跡魔法をかけられた時、私より早くにキスマークを見つけたのはニコルだった。その際、なぜかニコルは勝手に盛り上がって、首元のキスマークの意味を教えてくれたのだが――。

《ユリアーナったら、そっちでふたりなのをいいことに、散々楽しんでいるのね》

「え⁉　違……」

《いいの。私、誰にも言わないから。でも前にも言ったでしょう？　そういう大人の事情、私には経験のないことだから……刺激が強いのよ》

また勝手に、ニコルが盛り上がり始めている。こうなったニコルは止められない。

《それで、首元の次は胸元……だったかしら。胸元のキスマークの意味は、他人に渡したくないという所有欲よ》

「他人に渡したくない、所有欲……」

クラウス様がその意味を知っているかいないかは置いておいて……やっぱり、コンラート様へ嫉妬していたのだろうか。

《クラウス様ったら、ユリアーナを誰かにとられちゃいそうで焦ったのかしら？　ねえ、なにかあったの？　まさかユリアーナを巡って三角関係……!?　複雑な恋模様に振り回されて、クラウス様はついに暴走……》

「あーっ！　ごめんなさいニコル！　仕事が入りそうだから切るわ！　本当にありがとう、またなにかあったら通信するわね！」

《ちょっとユリアーナ、まだ話を全部聞いてな――》

心苦しかったものの、なんて質問をしてしまったのかと急に恥ずかしくなって、思わず私はボタンをもう一度押して通信を切ってしまった。

すると、ニコルの声は聞こえなくなり、部屋に静けさが訪れる。

「暴走してるのはニコルのほうなんだから、まったく……ふふっ」

私は半分呆れながらも、相変わらずの親友の様子を思い出し、自然と笑みがこぼれてしまった。

「所有欲、かぁ……」

そして、ニコルに教わったキスマークの意味をもう一度思い出す。

鏡の前に立ち改めて自分で確認すると、以前より濃い色でくっきりとキスマークがついていた。つけられた時の光景がフラッシュバックし、鏡に映る自分の顔がみるみるうちに真っ赤になっていく。これからこの赤い印を見るたびに、クラウス様のことを思い出してしまうだろう。

「私もつけたらよかったかな。……なんてね」

誰もいない部屋で、ひとりありえないことを呟く。そもそも私は、キスマークのつけ方なんて知らないのだから、できるはずがない。逆に考えると、クラウス様はずいぶんと慣れているように思えた。今まで誰かとそういうことをしたのかしら……。そう思うと、またもやっとする。

その後、晩餐のことを聞きに再度クラウス様の部屋を訪問し、食堂で晩餐をとることとなった。なにもなかったように振る舞うクラウス様に合わせて、私も平静を装う。

しかし、衣服に隠された胸の上のキスマークは、常に私の鼓動がうるさく鳴っていることに気づいていただろう。

その日の夜は、むかついたのに結果ドキドキさせられたことが悔しくて、やっぱりいつか、私もクラウス様に仕返ししてやると心に決めた。

7　地下迷宮と逆転の呪い

アトリアに留学して、一か月半が経った。

今日は、留学後初の屋外実習の日だ。午後の授業時間をすべて使い、年に一度ある、アトリア学園の敷地内にある地下迷宮で精霊を探す――という内容の授業である。

この地下迷宮は学園が建てられる前から存在しており、数多の精霊が棲んでいるという。迷宮自体は何百年も前に発見され、地下へと続く迷路のような回廊で、自然にできたものか、人工的なものなのかはまだ判別がついていないようだ。

これまで数々の魔法使いや冒険者たちが迷宮探索に挑んだ歴史があるらしい。

しかし、精霊に会いたい者たちが迷宮を荒らす事件も多発したようで、外部の人間が簡単に入れないように敢えて学園の敷地内にしたようだ。

そうすることで、王家や魔法省の管理下に置くことができたとか。

年に一度しか生徒たちが入れないというのは、精霊にかかるストレスを減らすためらしい。元々人懐っこい精霊は自主的に外へ出るが、ひとつの場所に留まっている精霊は、あまり外部との交流に積極的ではない、引っ込み思案の精霊が多いようだ。

地下迷宮を荒らす目的ではないというのを精霊にわかってもらうために、こういった頻度になっている……ってとこだろうか。

生徒たちにとってこの実習は、精霊に会えるチャンスが大きいということで、とても楽しみにされている授業みたい。クラウス様は運よく、その授業が決行される日と留学期間が被っていた。この実習に関しては以前からクラウス様が口にしており、待ち望んでいたのを私も知っている。

そして、私が授業に同行するのも、これが初めてのことである。

長時間に及ぶ屋外実習に関しては、侍女や執事がサポートのため同行することが許されている。実習はなにが起きるかわからないため、緊急事態が起きた際、すぐに対応できるように、というのが主な理由らしい。

「地下迷宮に入るには、必ずふたり一組のペアを組んでもらう。相手は誰でも構わないが、ひとりにだけはならないように！」

実習担当の教師が、生徒たちに聞こえるよう大声で何度もそう叫んでいた。

「ユリアーナは、もちろん俺とペアだから、安心してくれていい」

クラウス様は私の隣で、自信満々にそう言った。

「ペアって、私も人数にカウントされるんですか？」

「さっき確認したら、どっちでもいいと言われた。どっちでもいいなら、ユリアーナとふたりきりで迷宮デートをしたほうが楽しいだろう？」

どうやら使用人として、侍女や執事を含めてふたり以上なら大丈夫のようだ。

これは授業であって、そもそも迷宮はデートするには危険すぎるような……。

「クラウス！」

すると、私たちが待機しているところへコンラート様がやって来た。

「どうした？　コンラート」

「よかったら、僕とペアを組んでくれないか？」

「はっ……？　どうして俺と。俺はユリアーナと組んだから、ほかを当たってくれ」

私がコンラート様とふたりでお茶をしたと言ってから、クラウス様はコンラート様への当たりが強くなった気がする、コンラート様はそれでもなにも気にならないと言うように、いつも通り接しているが。

「使用人は同行者としてペアにカウントしてもしなくてもいいって規則だろう？　だったら、僕も一緒に行かせてほしいな。……いいかな？　ユリアーナ」

「えっ？　はい。私は大丈夫ですけど……」

アトリアの首席とエルムの首席と同行できるなんて、あまりに心強い。こんな好条件を断る理由は、特にないだろう。

しかしクラウス様は嫌そうに眉間に皺を寄せて「ユリアーナが狙いか……」とか、わけのわからないことを隣で呟いている。

「マリーと組めばいいじゃないか。去年はペアだったんだろう」

「マリーは今年、自分の腕試しのために侍女とふたりで参加するって。それに、マリーが今年ペアを組むとしたらクラウスだろうと思ってたから、マリーとペアなんて最初から考えてなくて」

マリー様が、クラーラとふたりだけで参加⁉　大丈夫なのだろうか。私からしても、絶対にマリー様はクラウス様を誘うと思っていた。クラーラとペアとなると、逆にそっちが気がかりになって仕方がない。

今朝も、この実習が憂鬱だと言って、ずっと顔色が優れていなかったし……。なんでも、この実習は精霊を何体見つけられたかで成績が決まるらしい。精霊を見つけると生徒が持たされる魔法石に記録が残る仕組みになっていると、クラウス様が教えてくれた。

地下迷宮を攻略するにはそれなりに魔力が必要なこともあるようで、魔力がないクラーラは参加したくないと嘆いていた。

「時間もないし頼むよ、クラウス」

「絶対に嫌だ。お前なら、ほかに組んでくれるやつが山ほどいるだろ」

「僕はクラウスと組みたいんだ。……各校の首席同士、どちらが精霊を先に見つけられるかの真っ向勝負……面白そうじゃない？」

コンラート様が言うと、クラウス様の耳がぴくりと動く。

「……勝負か。それなら悪くないな」

「負けたほうが勝ったほうの言うことをひとつ聞く、って条件でどう？」

乗り気になってきたクラウス様に、コンラート様が追い打ちをかけるかのように、負けず嫌い心をくすぐる提案を投げかける。

「……わかった。受けて立とう」

「そうこなくっちゃ。クラウス」

結果、この時点での勝者はコンラート様となった。

クラウス様はまんまと、コンラート様の術中にハマり、あんなに拒否していたペア組みを承諾した。私としてはどちらでもよかったため、特になにか思うことではない。だけど、勝利した時に、各々どんな命令を下そうとしているのか——それは、実に興味深い。

「あの、話がまとまったところでお願いなんですが……ちょっとクラーラに会いに行って来てもよろしいでしょうか？」

ふたりの言い合いが終わったタイミングで、私はクラウス様に言う。

マリー様とふたりで迷宮探索に行くと聞かされてから、どうもそわそわしてしまう。行く前に、クラーラの様子を確認しておきたい。

「ああ。大丈夫だけど、それなら俺もついていく」

「じゃあ僕も」

あなたたちは私の心配性の両親か！と、喉元までできたツッコミをなんとか飲み込んだ。

「いえ。おふたりはここで待っててください。侍女同士の大事な話がありますので」

クラウス様とコンラート様が一緒に来たら、クラーラはさらに萎縮しちゃって、自分の意見を言えなくなるに決まってるわ。

「……わかった。まぁ、ユリアーナがどこにいるかは俺が随時把握しているし、許可しよう」

クラウス様がにやにやしながら私のほうを見る。

「っ！　リーゼ様がいたら、聖なる魔力のギフトですぐ消してもらうのに！」

「残念。ここにリーゼはいないからな」

クラウス様は、前回つけたキスマークが消えかかったため、昨晩、もう一度私に痕をつけた。さすがに胸元にはつけさせなかったが、今は鎖骨の下あたりに赤い痕が残っている。

アトリアにいる間、ずっと追跡魔法をかけられそうな勢いだが……私もいつも断れない。次こそはと思っても、強引なクラウス様に結局流されてしまい、いつもずーんと自己嫌悪に陥る。

「それじゃあ、一度失礼いたします」

「早めに戻ってくるんだぞ」

「かしこまりました！」

ぺこりと一礼すると、私はクラーラを探しにその場を離れた。

辺りは迷宮探索をする生徒たちでガヤガヤとしており、なかなかすぐに見つけることができない。

「あっ！　いたいた！　ユリアーナさん！」

すると、マリー様が私を呼ぶ声が聞こえた。右側を向くと、マリー様と、その後ろにクラーラの姿もあった。顔色は……決していいとは言えない。緊張のせいか、強張っているように見える。

「探したのよ。すぐに見つかってよかったぁ」

「マリー様が私を?」

驚くことに、マリー様は私を探していたという。

「ええ。しかもひとりでいるなんて、ちょうどよかったわ。あのね、お願いがあるんだけど、聞いてくれる?」

マリー様は頷くと、両手を顔の横で合わせて上目遣いをした。いわゆるぶりっことと言われる人たちがやりそうな仕草に表情だが、マリー様は完璧にそれらをモノにしており、女の私の目にすら、とてもかわいく映る。頼まれたらなんでも聞いてしまいそうだ。

「……はい。なんでしょうか?」

「ユリアーナさん、クラウス様とペアを組むのでしょう? それで、よかったらうちのクラーラと交代してほしいの」

「交代?」

「そう。クラーラったら、あんまり調子がよくないみたいで。頼りなくて、わたくしも不安になっちゃって。だから、代わりにあなたがわたくしのペアになってくれない？」

　私が、マリー様のペアを？

「あ、あの、マリー様！　私なら大丈夫です！　だからユリアーナはそのまま、クラウス様とペアを組ませてあげてほしいのですが――」

「クラーラ、あなたは黙ってて」

「ですが……！」

「しつこいわよ！　ていうか……あなたがわたくしに反論するなんて、珍しいこともあるのね。だけど、今は空気を読んでちょうだい」

　クラーラは必死に食い下がってくれたものの、最終的にマリー様に言い負かされてしまった。

　ちらりとクラーラのほうを見ると、申し訳なさそうな顔で私を見ている。

「私が、ですか？　それでしたら、コンラート様と組まれるのはいかがでしょう？　コンラート様は先ほどペアが見つからないと言って、結局クラウス様と組むことになったんです」

「いいえ。わたくし、あなたと組みたいの。コンラート様がクラウス様と組むことになったのなら、なおさら」

なんでそこまで、私と組みたがるんだろう……。絶対に、コンラート様と組んだほうが成績アップにも繋がりそうなのに。

「すみません。少しクラーラとお話しても？」

「ええ。時間がないから手短にね？」

マリー様の許可が下りたところで、私はクラーラの手を取って、少し離れた場所に移動すると小さな声で話しかける。

「クラーラ、大丈夫なの？」

「ごめんなさいユリアーナ。マリー様、私とふたりになった途端急に不機嫌になって、ユリアーナを探せって言い出して……なにを考えてるのか、私にもわからないの」

「うーん……でも、どういうわけか、私と組みたがってるわよね。……というか、専属侍女じゃない侍女がペアを組むのって許されるの？」

「わからないけど、そこまで確認しないんじゃないかしら。とにかく二人組で、どちらかが魔力を持っていれば大丈夫って、去年もそういうルールだったから」

クラーラの言葉に、私はふむふむと頷く。

私がマリー様と組んでも、ルール違反にはならないようだ。

「もしかすると、ユリアーナがギフトを持っているから、その力に頼りたいと思ってるのかもしれない……迷宮って、いろんな仕掛けがあるの。ユリアーナの修復魔法は、なにかあった時に役に立つと思ったんじゃないかな……勝手な予想だけど」

たしかに、マリー様は私が持っているギフトのことを知っている。

以前、クラーラは言っていた。マリー様は、自分以外の人が目立つのは嫌いだと。

……マリー様は私の修復魔法に頼りたいか、興味がある。だけど、人前で見せることで、私が注目を浴びるのは避けたい。それなら、自分のペアにして、自分の前でだけ使わせたらいい――なるほど！

勝手に考えた方程式の答えを、これまた勝手に推理して答えを出す。

妙に頭がすっきりして、この推理は、あながち間違っていないのではないかと思い始めた。

「クラーラがマリー様とペアで迷宮探索に行くのが嫌なら、私は代わるつもりだけど、どう？」

「え、でも……もしユリアーナの身になにかあったら……」

「時間切れー」

クラーラが悩んでいると、背後からマリー様の声がした。

「もたもたしているから、わたくしの番が来ちゃったじゃない。さあ、行きましょう、ユリアーナさん」

「えっ？ えっと……は、はい！ わかりました！」

マリー様は私と行く気満々で、断る隙さえ与えてくれない。

クラウス様は追跡魔法で私を見ているかもしれないが、コンラート様と一緒にいるし、こんな短時間で私がどこかへ行くなんて思ってないだろう。

私はクラウス様への事情説明をクラーラに託すと、クラーラはすぐさま走り出して行った。一刻も早く、この状況を伝えようとしてくれているのが、その姿を見ただけで感じ取れた。

そして私はそのまま引きずられるように、マリー様と共に地下迷宮へと足を踏み入れた。

地下というだけあって、中は若干肌寒く、どこからか水滴の落ちる音が聞こえる。真っ暗というわけではないが薄暗い。

「じゃあ、さっさと精霊を探しましょう！」

決して視界良好とはいえない迷宮内を、マリー様はペアにひとつ渡されるランプを持って、地図もない迷宮を物怖じすることなくずかずかと歩いて行く。その姿が逞（たくま）しく、相手は女性なのにときめいてしまった。

「マリー様、怖くないのですか？」

「怖い？　わたくしが？　去年も同じ授業を受けているのだから、怖いはずないじゃない」

そうか。マリー様は二回目だから、迷宮内のことを覚えているのだろうか。

だったら安心してついていける。最初はクラウス様とふたりで迷宮探索をする予定だったが、今となってはむしろそれがいちばんデンジャラスな展開を迎えていたかもしれない。

……ん？　でも、こんなに余裕ありげなら、やはり最初に言っていた「クラーラが頼りなくて不安」というのは嘘だってことになる。十中八九嘘だとは思っていたが、ここまで隠す気がないと逆に潔い。

ひたすら歩き、スタート地点からはそれなりに離れた場所まで来たように思える。間隔をあけて生徒を迷宮へ入れているからか、未だほかのペアの姿を見かけていない。

迷宮だというのに、特に迷うこともなく――いや、そもそも迷っているかどうかすら私には判別がつかないのだけれど。ひたすらマリー様の後ろをついて歩くと、ひとつの部屋に入っていった。石の壁に囲まれた狭い部屋で、マリー様が立ち止まる。

……この辺りに、精霊がいる気配でもしたのだろうか。

きょろきょろ周りを見渡していると、マリー様が身体ごと私のほうに振り返った。

「わたくし、あなたに言いたいことがあるの」

ついに、ギフトのことでなにか頼まれるのだろうか。

私にできることなら協力はしたいが……その代わり、クラーラにもう少し優しくしてあげてほしいと頼んでみるのも……でも、余計なお節介かもしれないし。

瞳はしっかりとマリー様を見つめているが、頭の中はそんなことでいっぱいだった私に、マリー様が言い放つ。

「ユリアーナ、あなた、侍女の分際で生意気なのよ！」

「……えっ」

予想外の展開に、素っ頓狂な声をあげてしまった。

マリー様は腕を組み、ふんぞり返ったまま、とても怖い顔を浮かべていた。怖いというより、意地悪という表現のほうが合っているかもしれない。

「なによそのまぬけ面は。いつもいつも、なにも考えてないみたいなアホな顔して、目障りったらありゃしないわ！」

……私って、そんなにアホみたいな顔ばかりしているの⁉　だとしたら、そんな私を毎日かわいいと言うクラウス様の趣味を疑う。

「これ以上、クラウス様やコンラート様の周りを必要以上にうろちょろしないでくれる？　近づかないでと言ってるの！」

「そう言われましても、コンラート様はともかく、私はクラウス様の専属侍女なので……」

私だって、クラウス様の周りをうろちょろしている気はない。それに近づかなければ仕事にならない。言っていることが、あまりにも理不尽である。

「だったら侍女らしく、存在を消して地味にしてなさいよ！　あなたは存在の主張が激しすぎよ！　侍女服を着ていても、やたら顔が派手だし！」

それに関しては、ユリアーナのキャラクターデザインを考えた作者を恨んでほしい。一応小説では、悪役として出しゃばっていた存在だから、モブになろうと思ってもうまくいかないみたいだ。これが悪役令嬢の枷（かせ）か……と、心の中でため息を吐く。

「それにこれはわたくしだけでなく、アトリア魔法学園の女子生徒みんなの意見なの。あなた、自分が周りから嫌われているのわかってないの？　陰口を叩かれたりしてる自覚はないわけ？」

陰口——あっ。そういえば、クラウス様を捜しに行った時、誰にも話しかけはされなかったのにやたらと見られたような。

「その反応だと、身に覚えがあるみたいねぇ。クラウス様が街へ行くことも、まともに聞かされていなかったんでしょう？　どこまでもかわいそうな子！　惨めだわ～！」

なぜクラウス様と一緒に出掛けたはずのマリー様が、そのことを知っているんだろうか。答えは簡単。マリー様も彼女たちとグルだったからである。忘れていたのではなく、わざと言わなかったのだ。

「それにクラウス様も純粋よね。女子生徒があなたに伝言を届けるはずないのに信じちゃうなんて」

私の考えが正解だったと、マリー様が自ら教えてくれた。

「これ以上嫌な目に遭いたくないなら、大人しくしていることね！　クラウス様に、あなたみたいな女が釣り合うわけないじゃない！　わかった⁉」

「……！」

マリー様の言葉を聞いた途端、全身に衝撃が走った。

言われるのは初めてなのに、ずいぶんと懐かしい言葉。

――そうだわ。今のとまったく同じセリフを、私はリーゼに言ったことがある！

まさか、私が言われる側になるとは感慨深い。

それにこの、全人類を見下すような大きな態度……好きな男性の前以外だと豹変するところも全部含めてマリー様は……。

「まるで悪役令嬢のような振る舞いだわっ……！」

かつての自分を見ているような、懐かしい感覚が全身を駆け巡る。決して不快ではない、むしろ心地のよい感覚だ。

「は？ なに令嬢って言ったの？」

悪役令嬢という単語に馴染みがないのか、マリー様は眉間に思いっ切り皺を寄せて顔をしかめた。

「いいえ。お気になさらず。そんなことより私、今のでマリー様にすっかり親近感が湧いてしまいました。私たち、実は似た者同士なのかもしれません！」

テンションに任せて、私は思わずマリー様に近寄って手を握る。

エルムの悪役令嬢と、アトリアの悪役令嬢。きっとどこかで通じるものがあるのではないかと思うと、マリー様に対しての恐怖が一気に消えていった。

「は、はぁ!? なんで親近感が湧くのよ!? 意味わかんないわ！ さっきより元気になってるし……気味が悪いわ！」

マリー様は私の反応に対し、化け物でも見るかのような表情を浮かべてそう言った。

「まぁまぁそんなこと言わずに、これから仲良く……」

「するわけないでしょっ!? あなた、どこかおかしいんじゃないの!?」

食い気味で否定されたあげく、握った手を乱暴に振り払われてしまった。……ショックだ。

「わたくしはね、あなたのことが嫌いなの。だから――」

その瞬間、マリー様が私の両肩を強く押した。すると、私の身体は壁に激突する――こともなく。

「ここからは別行動にしましょっ！ ばいば～いっ！」

べーっと舌を出し、私に手を振るマリー様が、私が見たマリー様の最後で。

気がつけば、まったくべつの部屋にひとり取り残されていた。さっきいた部屋とは、壁の高さも広さも違う。

「……どういうこと!? まさか……」

背中が壁に触れた時、そのまま壁をすり抜けた感覚がした。

あの部屋は、壁の一部分がべつの部屋に繋がる仕掛けがしてあった……？ マリー様は去年も迷宮へ来ていたから、その部屋と壁の位置を覚えていたんだ。

「私、取り残された!?」

ここへきて、やっとマリー様が私とペアを組みたがっていた理由がわかった。

ひとつは、私にクラウス様とコンラート様に近づくなというけん制のため。

そしてもうひとつは……私を迷宮にひとり、置き去りにするため。

「……なかなかのことしてくれるじゃない。アトリアの悪役令嬢」

思わず、マリー様の悪役令嬢っぷりを称えたくなる。

しかし、私がピンチだという事実と、このピンチがマリー様によって生み出されたものだっていう事実は変わらない。

狭い部屋にひとりでいても現状は変わらないため、私はとりあえず、部屋から出ることにした。入った場所とは全然違う場所に出てきて、あの壁はやはり、違う部屋と繋がっていたのだと確信する。

「まずは誰かと合流したほうがいいわよね」

事情を説明して、どこかのペアに同行させてもらおう。

私は魔法を使えるが、そんなに魔力が高いわけではない。状況に応じてどんな魔法を使えばいいかの判断も、そこまで鋭いほうではないし……。

なるべく早く、誰かと合流しないと。

そう思い、私は初めての地下迷宮を、ひとりで彷徨(さまよ)い続けた。

だが、なかなか人に遭遇しない。そのうえ、地下迷宮は思ったよりずっと広く、どこまでも道が続いているように感じる。かと思ったら、急に行き止まりになったりして、私は途方に暮れていた。

「……はぁ。少し休憩しようっと」

ずいぶん歩いたため、足がパンパンになってきた。

休めそうな場所を探していると、吹き抜けになっている場所へと出てきた。そして、前方には大きな石が転がっている。大きいといっても、バスケットボールくらいの、ひとりでなんとか運べそうなくらいのサイズだ。

上を見ると、石橋の一部が崩壊していた。これはその橋の一部だろうか。

こんなものが頭上に降ってきたら……。考えるだけでゾッとする。

私は石橋を見上げながら、恐る恐るその道を通り過ぎようとした。すると、一輪の白い花が、落ちている石の下敷きになっているのを見かけた。

どこからやって来た花なのだろう。

外から種が風に吹かれて飛んできて、迷宮の中ですくすくと芽を出したのだろうか。それとも、誰かが持ってきた？

薄暗く、どこかじっとりとした地下迷宮の中で花を咲かせるなんて……。私には、その花がとても逞しく見えた。どうしてか、見過ごすことができない。

……今から石を動かしたところで、花は元に戻らない。

私の修復魔法は、無機物にしか効果を発揮しない。そのため、花などの命が宿るものを、もう一度咲かせることはできないのだ。

石に潰されてぼろぼろになった花は、助けたところでぼろぼろのまま。それに、もしかするとまた石橋が落ちてくる危険性がある。ここは早めに切り抜けるべきだ。

そう思っていたのに。

気づけば私は、落下した石を必死に持ち上げていた。ぷるぷると腕が震えるが、なんとか重さに耐えて石を退かせる。

「よいしょ……っと！」

すると、白い花を石の下から救出することができた。

葉も花も削れているが、まだ枯れてはいないその花を手に取る。

「……この状態でも綺麗なんだから、本当の姿のあなたはもっと綺麗なんでしょうね」

花についた砂埃を優しく払ってそう呟くと――花は突然、キラキラとした金色の光を放った。

この光は、まさか――精霊の光？

エルムの大精霊ティハルト、そして湖で出会ったティムやティモという三人の精霊と会ったことがある私は、三度目ともなると予想がついた。ましてやここは、精霊がいるという迷宮。

そして予想通り……花は光を広げたまま宙に浮かぶと、人の形へと姿を変える。

「心優しき乙女、特別に、私の本当の姿を見せてやろう。我が名は精霊、ランベルト」

ランベルトと名乗る精霊は、白い花とは真逆の黒い髪をしていた。だが、その肌は花のように真っ白で、瞳は金色に輝いている。鎖骨あたりまである髪はサラサラで、見ているだけで触れたくなるほど艶やかだ。背は私とそんなに変わらず、そこまで高くはないが、とても綺麗な顔をしている。纏う儚(はかな)さは……ティハルトに似ていた。

「ランベルト？」

「そう。ランって呼んでくれ。そなたの名は？」

中性的な顔立ちと、丁寧な言い回しが、どこか前世の日本を思い出させる。見た目が日本人に近いからだろうか。かといって、こんな金色の目をした日本人はいないが。

「私はユリアーナ」

「ユリアーナ、名前もかわいいのだな」

……似たような言葉を、シュトランツの物置部屋で聞いた気がする。

「私はずっと、ここで哀れな花となって倒れていた。そんな私を見て見ぬふりをせず助けてくれたのは、ユリアーナが初めてだ」

ランは嬉しそうに私を見つめて目を細めた。ずっとって、どれくらいだろう？ それに、精霊だったら自分ですんなり抜けられそうなのに。

もしかしてティハルトみたいに、助けてくれる人間を見極めていたのだろうか。

「最初に私を助けてくれた者に、ギフトを与えると決めていた。そなたにギフトを授けよう」

「えっ。まさか……ランがアトリアのギフトを授ける大精霊なの⁉」

「いかにも。私がその大精霊だ」

控えめな性格に見えるのに、自信満々に胸を張るランを見て思わず笑ってしまう。

こんなに早くアトリアの大精霊に出会えるなんて——私、運がよすぎて怖くなってきた。

「すごい！ 本当に出会えるなんて！」

「ははは。そんなに喜んでもらえるとは」

私の喜びように、ランも満更ではなさそうだ。ティハルトよりも反応が幼くて、ちょっとかわいく思えてきた。

「あ、でもね……私、既にギフトを持っているの」

「なに⁉　……そうなのか。ギフトの所持者に、新しくギフトを授けることはできない。残念だ……。せっかくいいギフトをあげようと思っていたのに……」

ランは肩を落として、眉を八の字に下げてしゅんとした。

「せっかくギフトを授けてくれるって言ったのに、ごめんなさい。でも私、今のギフトをとても気に入ってるの。だから大丈夫よ」

なんだか申し訳ないことをしてしまった。しかし、私は修復のギフトをとても気に入っている。

なにより、ティハルトが〝今の私にぴったり〟と言って授けてくれたギフトだ。本来なら破壊のギフトを与えられるはずが、修復の能力になっていた。このギフトが、私の運命を変える大きな要因になったといっても過言ではない。

だって破壊のままだったら、私は小説通り断罪エンドを迎える可能性大だったもの。

だから私は、修復のギフトに感謝をしているのだ。

「そうか。それならいいのだが……でも、既にギフトを授かっているなんてすごいな。ユリアーナ、それは誰からもらったギフトなのだ？」

「実は私、アトリアの人間じゃないの。隣国のエルムから、三か月こっちに来ていて……」

「……エルムだと？」

〝エルム〟という単語に、ランはやたらと反応を示した。心なしか、声のトーンが低くなったような気が……。

「え、ええ。それで、エルムの大精霊はティハルトっていうんだけど……私はティハルトに、今のギフトを授かって」

「ティハルト……」

すると、今度は消え入りそうな声でティハルトの名前を復唱する。

そしてそのままなにかぶつぶつと言い始めた。

「あの、ラン？　大丈夫？」

あきらかに様子がおかしくなったランに話しかけると、ランは物凄い形相でこちらを振り向いた。

「おい女、二度とその名を私の前で口にするな！」

「ひぃっ⁉」

あまりの急変具合に、私の心臓が跳ね上がる。

つい数秒前までの、神様みたいな微笑みは⁉　柔らかな口調は⁉　どこへ行ってしまったの！

正直、マリー様の豹変より何倍も恐怖を感じる。

「ご、ごめんなさい。ランって、ティハルトと仲が悪――」

「口にするなと言っただろう！　貴様の耳は節穴か！」

どうやら、ランにとってティハルトという言葉は地雷らしい。いや、この拒否反応具合……ティハルトという存在そのものを、毛嫌いしているようにも思える。

「……あんな男、名前を口にするのもおぞましい。ただ背がデカくて見た目がいいからって……いつもいつも、私の想い人を次から次へと掻っさらうスケコマシが……！」

なにか苦い思い出があるのか、ランの身体がわなわなと震えている。

ニュアンス的に、ティハルトと女性関係で揉めたのかしら。……詳しくは聞かないでおこう。

「はっ！」

「なっ、なに!?」

隣でティハルトの悪口を湧き水のように次から次へと口にしていたランが、急になにかを思い出したような声をあげて、私は驚いた。

「思い出したぞ。そういえば、あいつはお気に入りの女にしかギフトを授けないと昔から言っていた。つまり……」

さっきまでの優しい瞳ではなく、飢えた獣がやっと獲物を見つけたかのようなギラギラとした目で、ランは私をじぃっと見た。このまま食べられてしまうんじゃないだろうか。そんな恐怖が過り、背筋に悪寒が走る。

「ユリアーナ、貴様はあいつのお気に入りということか。だったら――」

ランの右手が、私に向かって伸びてくる。するとその手から、魔力が発動される。

「ラン！　なにするつもり⁉　やめて！」

手から発せられる紫の光が、私の体内に入り込んできた。痛くもなんともないが、ランの魔力が、私の身体を勝手に弄っているように思えて、私は必死にそれを拒んだ。だが、ランは言うことを聞いてくれない。そのうち光は消えてしまい、私はとても嫌な予感がした。

「なにしたの？　ねぇ、今の魔法はいったい……」

「これは私だけが持っている特殊能力、ギフトにのみ発動する、逆転魔法――いや、逆転の呪いだ！」

「……逆転の呪い？」

「そうだ。その名のまま、持っているギフトがまったく逆のものになるというものだ。

例えば聖なる魔法のギフトを持っていたら闇になり、速度を上げる魔法を持っていたら、それは速度を遅くする魔法に変わる」

「……じゃあ、修復の反対って」

「貴様は修復魔法だったのか。その場合……〝破壊〟だな！」

「は、かい……？」

ドクンと心臓が大きく脈打ち、変な汗が額に滲む。

破壊のギフトは、私が本来ティハルトから授かるはずだったもの。

そしてこのギフトは私の未来や――クラウス様との関係も、破壊へ導く恐ろしいもの。

……せっかく回避できたと思ったのに。こんなところで、破壊のギフトを手にしてしまうなんて。

そのために、私はアトリアへ来ることになったの？

シナリオから大きく外れたからといって、安心していた自分が馬鹿だった。もしかしたらこの世界は、どうやっても、私をバッドエンドにするつもり？

「相当ショックを受けているようだな。はっはっは！　あいつはその人物に合ったギフトしか絶対に授けない。気に入った女に授けたギフトを私に勝手に変えられたら、さぞ悔しがるだろう！」

憎きティハルトへの嫌がらせのためだけに、私のギフトを変えるなんて。

「ラン。お願い、解呪して！　私、破壊のギフトなんて欲しくない！」

必死に懇願するも、ランは知らんふりでそっぽを向いている。

「そう言われても、もう逆転させてしまったのだからどうしようもない。ついでに破壊の魔法はコントロールがかなり難しいぞ。怒りや悲しみ——自分の中にある負の感情とも大きくリンクする。少しでも間違えれば、大事な人を傷つける」

「……っ！」

「貴様が〝壊したい〟と思ったものに、破壊の魔力は勝手に反応するからな」

改めて説明されなくたって、よく知っている。

小説の中のユリアーナは負の感情に負けて、破壊のギフトに取り込まれた。結果、すべてを壊す未来を選び、最愛の人を手にかけようとした。

そうまでしても目的は達成できず……無念の終わりを迎える。これが、破壊のギフトを手にした、小説のユリアーナが辿る運命。

「恨むなら、あのスケコマシ精霊を恨んでくれ。……さらばだ、ユリアーナ」

「待って！　ラン！」

掴まえようと必死に伸ばした手は、虚しく空を切るだけだった。

「……どうしよう」

私は、もうずっとこのままなんだろうか。

それとも、ティハルトに頼めば戻してくれる……？　そうだとしても、それはエルムに帰るまではわからない。ランが解呪してくれない以上、私はアトリアにいる残りの一か月半、破壊のギフトを授かったまま生活していかなくてはならない。あまりのショックに足元がふらつき、私は壁に手をついた。

――こんな危険なギフトを持っていることを周りに知られたら。みんなは……クラウス様は、どう思う？

触れたら傷つけられるかもしれない相手に、これまで同様、接してくれるのだろうか。そう思うと、私はこのギフトが怖くて仕方なくなった。

すると、無意識のうちに手に魔力が集まってきたのか、手をついた部分の壁がぼろりと崩れる。地面に落ちた砕け散った壁の破片を見て、私は呆然とした。

これ……私がやったの？

自分のギフトが〝修復〟から〝破壊〟へ逆転してしまったことを目の当たりにし、私は足の力が抜けてその場にへたり込んだ。

「……ユリアーナ！」

「っ？　クラウス様……？」

破壊した壁の向こうから、必死な顔をしたクラウス様が走ってくる。少し後ろには、コンラート様の姿もあった。こんなに近くにふたりがいたとは驚きだ。いなくなった私を、ふたりがずっと捜してくれたのだろうか。

しかし、嬉しい気持ちと、見つけてもらえた安心感は、破壊のギフトを手にした不安によって、一瞬でどこかへ飛んで行ってしまった。

「大丈夫か⁉　怪我は⁉」

「だいじょうぶ、です」

力が抜けきった私の身体を、クラウス様が支えてくれる。

「よかった。……マリーからユリアーナがいなくなったと聞いて、追跡魔法を頼りに君を捜して、やっと居場所を突き止めたんだが、この壁が邪魔で足止めされていたんだ」

「迷宮を破損するような行為は禁止されているのに、壁の向こう側にユリアーナがいるってわかった途端、クラウスが迷わず魔法を発動しようとしたからヒヤッとしたよ。……その前になぜか壁が崩れたからよかったけどね」

コンラート様が私たちに追いついて、そう言って苦笑した。

「……壁を壊したのがクラウス様でないのなら、やっぱり私がやったんだ。

「どうしたんだユリアーナ。顔が真っ青だぞ」

心配そうなクラウス様の声が、頭上から聞こえた。

「……いえ、なんでもないんです。ただ……」

私は震える手をなんとか押さえて、クラウス様を見上げた。

「怖いんです……とっても」

「……ユリアーナ」

破壊のギフトを手にしてしまったこと。

バッドエンドに近づいてしまったこと。

これからの未来のこと。

クラウス様に……嫌われてしまうこと。

なんに関して抱いている恐怖なのか、自分でもわからなかった。言うならば、全部が怖かった。

「大丈夫。ユリアーナには俺がいる。どこにいても、俺が君を見つけるから」

まだ見ぬ恐怖に怯える私を、クラウス様がきつく抱きしめる。

だけど私は、その背中に腕を回すことすらできなかった。それすら、怖くてできなかったのだ。

「こんな怖い場所からは、早く脱出しよう」

「……はい」

きっとクラウス様は、私が迷宮に取り残され、ひとりぼっちになったことに対して、〝怖い〟と言ったと思っているんだろう。

それなら、そのままでいい。そう思ってくれたままで。真実なんて、知られないほうがいい。

「僕たち、精霊じゃなくてずっとユリアーナ捜しをしていたな。クラウスはユリアーナが一緒じゃないと嫌だとか言って、精霊を探す気なんかゼロだったし」

「俺はひとりで捜すと言った。コンラートは勝手についてきただけだろう」

「そんなことないさ。僕だって、精霊よりユリアーナのほうが大事だからね」

「ユリアーナはお前より精霊のほうが大事だと思うぞ？」

「あはは。ひどいなぁ。それはクラウスの願望じゃないか。ね？　ユリアーナ」

コンラート様が場を和ますような冗談を言って、それにクラウス様が怒る。よくあるふたりのお決まりのやり取りが、私は楽しくて好きだった。でも、今は全然どんな会話をしているか頭に入ってこない。

そのため、私は作り笑いで返すので精一杯だった。

そのまま、私はクラウス様たちと共に地下迷宮から脱出した。

クラーラは相当心配してくれたようで、私が地上に出ると一目散に駆けつけてくれた。その後ろには……マリー様の姿も。

「ああユリアーナさん、見つかって本当によかったわぁ。あれほどわたくしのそばを離れないでと言ったのに。少し目を離した隙に壁の仕掛けに引っかかってしまうんだもの……」

マリー様も、一緒に心配する〝ふり〟はしてくれた。

泣き真似までするマリー様を、悪役令嬢の鑑だと再度称えたかったが――ギフトを逆転されてしまった原因を作ったのは、マリー様だと思うと、とてもまともに顔を見られなかった。

本当は置き去りにされたっていうのを、ここでバラしたらどうなるんだろう。

でも、マリー様を糾弾する中で、私がランに出会って破壊のギフトを持っていることがバレてしまったら――。

そう思うと、私は口を固く閉じることしかできなかった。

修復ギフトを持っていたことを、コンラート様とマリー様に知られている以上、いつまで誤魔化しきれるかわからない。だけど、私は破壊のギフトのことを、隠し通すと心に決めた。

8　地下迷宮と追跡魔法　クラウスside

「たいへんですわっ！　ユリアーナさんが……！」

地下迷宮に入る前、血相を変えたマリーが俺たちのところへやって来た。マリーに話を聞くと、一緒にペアを組んで探索に挑んでいたユリアーナと、途中ではぐれてしまったという。

「ごめんなさい。わたくしがついていながら……」

「いいえ、私のせいです。私がユリアーナとペアを交代したから……！」

すぐそばでマリーと、マリーの専属侍女でユリアーナの友人でもあるクラーラが泣きそうな顔と声でそう言った。そもそも、俺の知らないところで勝手にペアを交代したマリーにも不信感が募るが、苛立ちで誰かを責めたってどうしようもない。そんなことよりも。

「俺はすぐに地下迷宮に向かう」

どうしてそうなったのか聞きたいが、今はユリアーナの身の安全を確保するのが先だ。……くそ。当初の予定通り俺とペアを組んでいたら、こんなことにはならなかったのに。ひとりになったユリアーナのことが心配で、居ても立ってもいられない。

「待てクラウス。僕たちが地下迷宮へ入れるまでには、まだ数十分ある」

地下迷宮へ入る順番は事前にくじで決められており、振り分けられた番号が後半だったため、まだ順番が回ってくるまでに時間がある。だが――。

「そんなのはどうでもいい！　この緊急事態で、馬鹿真面目に順番待ちしろっていうのか？」

俺からすると、この状況でいちばん大事なのは順番でも成績でもなくユリアーナだ。

「……そうだね。クラウスの言う通りだ。僕も一緒に行くよ」

「お前は来なくていい。俺ひとりでユリアーナを見つけ出せる」

「そう言われても、僕だってユリアーナのことが心配だ。……大体、クラウスは地下迷宮に入るの初めてだろう？　僕は去年も挑戦してる。道案内くらいはできると思うけど」

「………………」

普段は比較的優しい雰囲気のコンラートだが、今の言い方には棘を感じた。最近、コンラートはやけにユリアーナと距離が近い。だからあまりこいつの手を借りたくはなかったが――仕方がない。ユリアーナを助けるためなら、自分のプライドだって一時的に捨ててやる。

　こうして、俺はコンラートと一緒に地下迷宮へ乗り込んだ。事情説明もせず、ただ無理矢理割り込む形で迷宮内に入った俺を見て、コンラートは「生き急ぎすぎだ」と苦笑する。

　俺は入るなり、初めての迷宮に感動や驚きを覚える暇もなく追跡魔法を発動しようとした。昨日新たにユリアーナにつけたキスマークは、今朝確認した時点で、まだくっきりと彼女の身体に残っていた。

　白い肌に浮かぶ俺の独占欲の証を思い出すと、こんな状況なのに自然と口元が緩んでくる。確認するときに、いつもちょっと不服げに俺を睨んでくる姿もかわいくてたまらない。キスマークが薄くなって付け直すときも、毎回恥じらいながらも受け入れてくれる。痕をつける際に生じる僅かな痛みになやましげに眉をひそめる姿はすごく色っぽくて……。

「……どうしたんだクラウス。険しい顔をしてたのに、急ににやにやして」

　そんな俺を見て、コンラートは不思議そうに首を傾げる。

「なんでもない。気にするな」

　いけない。今はユリアーナとの思い出ににやついている場面ではない。俺は片手で口元を覆うと、頭にちらついた不純なものを消し飛ばし、追跡魔法を発動する。すると、俺を導くように細い光が進むべき道を示した。この魔法は俺が印をつけた対象者を、こうやって追跡してくれるのだ。

「これが追跡魔法か。便利だな。……それにしても、専属侍女に追跡魔法をかけているなんて、なかなか聞いたことのない話だよ。……彼女にここまでする意味はあるの？」

「あるに決まってる。コンラートにはわからないかもしれないがな」

そう言い返すと、コンラートは僅かに表情を歪め、「クラウスのすることは理解できない」と答えた。

俺だって、相手がユリアーナでなければわざわざこんなことはしない。だが、ユリアーナだからこそ、追跡魔法をかけていつどこにいるかを把握できる状況にないと、不安になってしまう。ひとりの女性にここまで執着心を抱くなんて、ついこの間まで、自分でも思ってもみなかった。

「クラウス、あっちに精霊の影が見えるけど……どうする？」

薄暗い中に浮かぶ光を追いかけていると、斜め後ろからコンラートが言う。

「俺はユリアーナと精霊探しがしたかった。この迷宮探索だって、ユリアーナと一緒じゃなければ意味がない」

そう言って、俺は首を横に振った。

魔法使いとして、この実習はとても楽しみにしていた。一緒じゃなければ意味がない――というと大袈裟かもしれないが、ユリアーナの安否が確認できない状況で、実習を楽しめる余裕がないことは事実だった。

「はは。そう言うと思った。だけど、一応先に精霊を見つけられたから、勝負は僕の勝ちってことでいい？」

勝負……ああ、先に精霊を見つけた方が勝ちで、負けたほうが勝ったほうの言うことを聞くっていうやつか。

「却下。こうなった以上、勝負なんて無効だ。影はフェイクかもしれないだろ」

「そりゃあそうだ。……でも残念。クラウスに僕の言うことを聞いてもらうチャンスだったのに」

「なんだ？　そんなに俺に頼みたいことがあったのか？」

「……ああ。あったよ」

なんだか含みのある言い方で、俺は少し引っかかりを感じたが、ユリアーナのことを思うとそこまで追求しようとも思わなかった。

ユリアーナは俺と違って、そこまで魔力が高くない。地下迷宮は、魔法を使わなければ突破できない場所や、魔法の知識がないと通れない道があると聞いた。

……何度考えても、あのユリアーナがひとりで突破できるとは思えないな。

だからこそ、変な罠に引っかかったりしていないか、心配で仕方がない。もし、ひとりが怖くて泣いていたりでもしたら——想像するだけで、胸が苦しくなる。

そのままコンラートの案内もあって、順調にユリアーナの追跡を続けていた——が、最後の最後で、俺たちは大きな壁にぶち当たる。

「……どうにかならないのか、これは」

その名の通り、巨大な壁が俺たちの行く手を塞いだ。壁の手前で光が途切れているということは、この向こうにユリアーナがいるということだ。

「ここまで来たのに行き止まりなんてツイてない。クラウス、べつの道を探して回り込もう」

「いや、その必要はない」

そんなことをしたら、どれだけ時間がかかるかわからない。

俺は壁に向かって右手を伸ばすと、衝撃波を出す魔法を発動しようとした。

「ちょっ……！　クラウス！　迷宮内にある物を壊したりする行為は禁止だって言わ

れているだろう！」

コンラートが慌てて俺の右手を押さえつけるが、俺は聞く耳を持たなかった。そして再度、魔法を発動しようとした瞬間——。

「……え？」

俺が手を下さずとも、勝手に壁が壊れ始めたのだ。ぼろぼろに崩れる壁のせいで、大量の砂埃が舞う。靄のかかった視界が開けると、壁の向こうで地面に座り込むユリアーナの姿が見えた。

「……ユリアーナ！」

「っ？　クラウス様……？」

走って彼女のもとへと駆けつけると、力ないユリアーナの上半身を支えた。こうしていないと、今にも倒れてしまいそうだった。

「大丈夫か⁉　怪我は⁉」

「だいじょうぶ、です」

「よかった。……マリーからユリアーナがいなくなったと聞いて、すぐに追跡魔法を頼りに君を捜して、やっと居場所を突き止めたんだが、あの壁が邪魔で足止めされていたんだ」

ここで、俺はユリアーナの異変に気づいた。

「どうしたんだユリアーナ。顔が真っ青だぞ」

これまで見たことがないくらい、彼女の顔色が悪い。

「……いえ、なんでもないんです。ただ……怖いんです……とっても」

心配の眼差しを向けると、ユリアーナは唇と声を震わせてそう言った。

「……ユリアーナ」

ひとりで迷宮にいた間に、なにかあったのだろうか。それともただ、こんな薄暗い場所で取り残されたことに、ずっと怯えていたんだろうか。

「大丈夫。ユリアーナには俺がいる。どこにいても、俺が君を見つけるから」

ユリアーナをここまで怖がらせる理由を、俺はまだ知らない。だけど、なにがあっても俺がいるということを彼女に伝えたくて、震える身体をきつく抱きしめる。

――だらりと垂れるその両腕が、なんの躊躇いもなく俺の背中に回ってくれたらいいのに。

そんな切ない感情を胸の奥に隠しながら、俺はただ、ユリアーナを抱きしめ続けた。

9 決められた運命

地下迷宮での一件を終え、私は部屋に戻るとバッグの底に残したままだった手袋を取り出した。

そう、これは、私がエルムでギフトを授かった際にお父様に頼み送ってもらった〝魔力を抑えることができる魔法具〟だ。透明な手袋で、これをはめているあいだは、自身の魔力を制御できる。

「……念のため持ってきておいてよかったわ」

久しぶりの再会を果たした手袋を見つめながら、私は呟いた。できることなら、もう使うことがなければよかったのに。

次の日から、私は手袋をして日々を過ごした。幸いなことに、特に大きく感情が乱されることもなく、手袋の効果もあってか、破壊のギフトが暴れることはなかった。

修復ギフトに関しても特に頼まれる機会もなく、私は内心ドキドキしつつも、いつも通りに毎日を過ごしていた。

アトリアでの留学期間は三か月。あと一か月半で、私とクラウス様はエルムへ戻ることになる。

……帰ってティハルトが戻してくれるという確証がない以上、この一か月半で、私はギフトの逆転の呪いを解呪する方法を探さなくてはならない。アトリアでしか解呪できないとなれば、このままエルムに戻ってしまうと、私は一生破壊のギフトと付き合い続けることになる。そうなれば、断罪エンドは目前といってもいい。

でも、クラウス様に破壊のギフトのことは話したくない。だから、頼ることはできない。

自分ひとりで、どうにか解呪の方法を探さないと……！

幸いなことに、クラウス様が学園へ行っているあいだは自由時間がそれなりにある。というか基本的に、クラウス様が一緒にいない時間は自由だ。仕事も急げば早く終わらせられるし、時間を確保することに関しては悩まなくていい。

クラーラに打ち明けて協力してもらおうかとも考えたが……結局、話さなかった。

理由は、こうなったことにクラーラも責任を感じてしまうと思ったからだ。私とマリー様をふたりで行かせてしまったことを、クラーラがいちばん気にしていた。

ただでさえ、迷宮に私が取り残されたという事実だけでも、そのあと数日間ずっと私に謝り続け落ち込んでいた繊細な女性なのだ。これ以上重い話を彼女に打ち明けるのは、負担になるだろう。

……大丈夫。ここまでなんとかやってこられたのだから。

今度こそ、自分の人生を自由に生きるって決めたじゃない。ピンチはチャンスっていうし、ひとりでも頑張れる。

自分で自分を激励して、さっそく今日から、解呪に向けて動き始めることにした。


それからの二週間くらいは、普段通りに振る舞うことと、破壊のギフトが発動しないよう気をつけることに必死で、ほかのことに目を向けられなかったが、いつまでもうじうじしていたってなにも変わらないもの。

時計を見ると、そろそろ最後の授業が終わる時間だ。

「クラウス様、今日は放課後用事があるって言ってたわよね」

詳細は聞かされていないが、今朝、用事があるから迎えはいらないと言われていた。帰ってくるのが遅くなるかもしれないから、部屋でゆっくりしていていいとも。

誰とどこへ、なにしに行くんだろう――なんて、考えればキリがない。ちょっと前だったら、あまりいい気分にはならなかったと思う。

だけど、今となってはそこを気にしている場合ではない。逆に言えば、クラウス様がいないあいだに、私がなにをしていたかをクラウス様に知られる心配もないのだ。

「そうだ！　図書室に行けば、なにか手がかりがあるかも……！」

アトリア学園の図書室には、たくさんの本が並んでいた。

この前はコンラート様とのお喋りがメインだったため、本を読むことはしていないが……ちらっと見た限りでも、あらゆる種類の本があった。そして当然、精霊に関する本があったのも覚えている。

侍女は放課後、学園への立ち入りが許されている。それに加えて、図書室は生徒の出入りが少ないとコンラート様が言っていた。

図書室なら、ひとりで調べものをするのに最適かも……！

そう思い、私は図書室へ行くことにした。だが、授業が終わってすぐ行くとクラウス様と鉢合わせる可能性があったため、少しだけ寮で待つことにする。

……そろそろいいかしら。

時刻は十六時ちょっと前。いつも十五時過ぎに終わっているから、これだけ経てば大丈夫だろう。

明日の制服の準備も、クラウス様の部屋の片付けもベッドメイキングも、全部終わらせている。図書室で本を探して、クラウス様が帰ってくる前に戻って来ることにしよう。

私は寮を出ると、学園へと向かい、図書室を目指す。

「クラウス様、お待たせいたしました。迎えの馬車が到着したようですわ！」

すると、ちょうど門前に到着しかけたところで、マリー様の声が聞こえた。思わず私は壁に身を潜める。

……薄々そんな気はしていたけど、今日もマリー様と出かける用事だったんだ。

誰かと言わない時点で、なんとなく、そう思っていた。でも、違ったらいいななんて、淡い期待を抱いてもいた。

こっそりと様子を窺うと、マリー様の用意した馬車に、クラウス様が乗り込んでいる。次に乗り込むマリー様をしっかりとエスコートして、ふたりは手を取り合っていた。

いつのまに、あのふたりはそこまで仲良くなったんだろう。以前より距離が近く、互いを見る瞳も柔らかい。

マリー様がクラウス様に気があるのは、最初から伝わっていた。クラウス様は学園にいるあいだ、マリー様から熱烈なアプローチを受けて、心が動いたのでは……？

そう思った瞬間、手からぼんやりとした光が浮かび上がる。私は驚いて声も出なかったが、その光はしばらく経つとふっと消えていった。

「……っ」

——手袋をつけているのに、魔力が溢れ出ていた……？

魔力を抑えていても、光が出るほど漏れ出たということは、手袋をしていなかったらどうなったのか。考えるとぞっとする。

それに……このタイミングで破壊のギフトが反応したっていうことは。

私は心のどこかで、マリー様とクラウス様の関係を壊したいと思っている……？

自分でも気づいていなかった心の闇をギフトに暴かれた気がして、私は恐怖を感じた。まさか、こんな汚い感情を抱いているなんて。いつか、とんでもないことをしでかすかもしれない。

両手をぎゅっと握りしめて、また門のほうを見ると、既にふたりを乗せた馬車は出発していた。

その場でひとり深呼吸をして、胸を撫でおろし気持ちを落ち着かせる。

気を取り直して図書室へ向かうと、放課後を楽しむ生徒で賑わっていた学園も、図書室へ近づくにつれて静かになっていった。

「……失礼しまーす」

中の様子を窺うように、そっと図書室の扉を開ける。

すると、そこには真剣な顔をして本を読んでいるコンラート様の姿があった。ほかに生徒は誰もおらず……先客は、コンラート様ただひとりのようだ。

私はコンラート様の読書タイムを邪魔しないように、音を立てないよう気をつけて扉を閉める。

そして忍び足で本棚に近づいていると、コンラート様が突然ふっと顔を上げた。

「わ、びっくりした！　……ユリアーナ？」

「は、はい。ちょっとお邪魔してもよろしいでしょうか？」

「大歓迎。来てくれて嬉しい。気づかなくてごめんね。本に集中しててさ」

「ふふ。集中してるのは一瞬でわかりました」

そんなに熱中して読むなんて、相当おもしろい本なのだろうか。あとでなにを読んでいたのか教えてもらおうっと。

「ユリアーナ、今日はなぜここへ？　なにか読みたい本でもあるの？」

「はい。アトリアの精霊に関する本を探してて……」

「だったら僕も一緒に探してあげるよ。これだけ本があったら、ひとりで探すのはたいへんだろう？　僕は大体の本の場所を把握しているから、役に立てると思う」

「いいんですか？　助かります。ありがとうございます」

せっかく集中していたのに申し訳ない気もしたが、ありがたく厚意に甘えさせてもらうことにした。

コンラート様は読んでいた本に栞を挟んでパタリと閉じると、立ち上がって私のほうまで来てくれた。そして、左にある本棚の真ん中部分を指さして言う。

「この辺に精霊に関する本があったと思うよ」

私は一緒にそこまで移動すると、コンラート様と本の物色を始めた。

世界に存在する精霊一覧、精霊の伝説、精霊とは……。思ったよりも種類が多い。

「コンラート様、精霊に関する本って、この棚にどれくらいあるんですか？」

「え？　この棚全部、精霊の本だよ。アトリアの精霊について書かれているのは……棚の上段部分かな」

「……こ、これ、全部？」

上段だけといっても、何十冊とある。さすが、魔法と精霊研究がエルムより発展しているアトリアだ。

これだけあっては、なにを読めばいいかわからない。それっぽいのを片っ端から流し見するしか方法はないのかもしれないが、この数を見ると——やる気を折られてしまいそうになる。

「たとえばどういったことが知りたいんだ？　僕はここら辺にある本はほとんど読んだから、それなりにアトリアの精霊に関しては詳しいと思うけど……よかったら僕が一度話を聞いて、ユリアーナに合いそうな本を選んであげてもいいかなって」

ほとんどを読破したと聞き、私は驚いた。

さすが首席で生徒会長。普段から勉強熱心なのだと、改めて思い知る。

「……コンラート様は、ランベルトっていう精霊を知ってますか？」

「ランベルト？　もちろん、アトリアの大精霊だからね。彼に気に入ってもらえると、ギフトをもらえるって噂だ。この前行った地下迷宮に棲んでいるって言われているんだけど……ここ五十年以上、ランベルトに出会った者はいないんだよ。僕も今年こそはって思ってたんだけどね」

コンラート様の話を聞く限り、ランは結構なレアキャラだったらしい。

ずっと石の下敷きになっていたって言っていたけれど、五十年下敷きになっていたのだろうか。さすがに誰かひとりくらいは、助けそうに思うけど……。その前に出会った人はどんな風にしてランに出会ったのか、少し気になったりもする。

でも、クラウス様が私を見つけたあと、あの場所自体辿り着くのが難しいと言っていた。だから、壁を破壊しようとしたのだと。

……私は迷宮で迷わないよう攻略しながら進むとか、そういったことをなにも考えていなかったから、逆に辿り着けたんだろうか。それとも……シナリオの強制力が、私をランベルトのもとに導いたのか。それこそ、真実は迷宮入りである。

「あっ！　でも、ユリアーナを捜すほうが優先だったし、君が気に病む必要はないから！　今のは僕の言い方が悪かったね。ごめん」

私が突然口を閉ざしたからか、コンラート様が慌てて謝罪した。

たぶん、ランベルトに会えなかったのは自分が迷惑をかけたせいだと、私が感じていると勘違いしたんだと思う。

でも、言われてみたら実際その通りだ。私がクラウス様とコンラート様がランベルトに会う機会を潰してしまった。それは紛れもない事実――。

「いえっ。とんでもないです。本当に、その件に関してはご迷惑をおかけしてごめんなさい。……せっかく、年に一度の特別な授業だったのに」

「ううん。君が謝ることはないよ。悪いのは初心者の君をきちんと見ていなかったマリーだからね。あのあと叱ったんだけど、機嫌が悪くなってしまって。困った子だよ……」

当時を思い出してか、コンラート様はやれやれと肩をすくめた。私の知らないところで、こうやってマリー様に注意をしてくれた人がいたことにびっくりした。しかも、こんなに穏やかなコンラート様が誰かを叱る姿なんてまったく想像もつかない。

「でも、ユリアーナが無事で本当によかった。僕はクラウスほどわかりやすい人間じゃあないけど、同じくらい心配していたんだよ」

「コンラート様……心配かけてごめんなさい。それと、ありがとうございます」

そこまで心配してくれていたなんて。あのときは自分のことで精一杯だったから気づかなかった。

「いけない。話が逸れてしまった。本題に戻るけど、ランベルトに関して詳しく書かれた本ってあったかな……。大精霊って、出会える人間も多くないから、得体のしれない存在でもある、そのせいで、あんまり情報もないんだ。噂話はよく聞くけどね」

「どんな噂話ですかっ⁉」

思わず食い気味で聞いてしまった。

本がないのなら、噂話にすら縋りたくなる。ティハルトにも大の男嫌いで、気に入った女性の前にしか姿も現さず、ギフトもあげないという噂があった。実際その通りだったし、ランにもそういった話があるのなら、絶対に手がかりになる。

「ランベルトは黒髪で、誠実で穏やかな心の持ち主。だけど大嫌いな精霊がいて、その精霊の名を出すと態度が豹変する。それと——ギフトを授けること以外の、ギフトに関する特殊な魔力を持っている、とも言われているよ」

「……！」

大嫌いな精霊はすなわちティハルトで間違いない。

それに、ギフトに関する特殊な魔力っていうのは——効果を逆転させる逆転の呪いのこと。

「全部、あたってる……」

先にこの噂話を聞いていたら、展開は変わったのだろうか。でも、大嫌いな精霊がまさかティハルトだなんて、それに気づくヒントはどこにもなかった。

「……あたってる？　ユリアーナ、君、もしかして」

「あっ……」

まずい、と思い両手で口を覆うも、その行動が、コンラート様の頭に浮かんだ疑惑を正解だと言っているようなものだった。

「……ランベルトに会ったの？」

ああ——やってしまった。

でも、精霊の知識が豊富なコンラート様なら、私のよき相談相手になってくれるかもしれない。口も堅そうだし、なにより信用できる。

「……はい」

私が頷くと、コンラート様は少々興奮気味に私の肩をガシッと掴んだ。

「すごいよユリアーナ！　君は精霊に愛される才能を持っているんだ！」

「い、いやぁ……愛されているかどうかは……それに……今回はどちらかというとランのせいでピンチなんです……」

そう言うと、私の肩を揺らしていたコンラート様の手がピタリと止まる。

「……ピンチ？　どうして？」

「それを今から話します。実は——」

それから私は、コンラート様に地下迷宮であった出来事を話した。もちろん、マリー様とはぐれてひとりになってからのことのみだ。

石を退かして、花を助け、花がランになって……そして見事にランの地雷であるティハルトの名を口にして、ギフトの能力を逆転させられたことを。

「逆転の呪い……じゃあつまり、今のユリアーナは修復魔法じゃあなく」

「……〝破壊〟という、とても危険な魔力を手にしてしまったんです。で、でも、魔法具で、常に魔力を抑え込んでいます。よく見ないと気づかないと思いますが、実は手袋をつけていてっ」

怖がられないように、私は必死でコンラート様に手袋をアピールした。

「……そうか。だからあの時、ユリアーナの様子がおかしかったんだね」

だが、コンラート様はなにを怖がることもなく……ただ、悲しげに眉を下げた。

「せっかくのギフトを破壊に変えられるなんて……さぞつらかったと思う。うちの国の精霊がとんでもないことをして、本当に申し訳ない」

そして、コンラート様が私に頭を下げた。

「そんな！　コンラート様はなにも悪くありません！　早く頭を上げてください！」

一国の王子が他国の侍女に頭を下げるなど、あってはならない。しかも、私がこうなったのは自己責任で、コンラート様はなにも悪くないのだから。

「でも、責任は感じるよ。もっと早く見つけてあげられていたらとか、僕がマリーとペアを組んでいたらとか……。だからせめて、協力させてほしい。破壊は危険な能力だ。君のためにも、ギフトを元に戻してあげたい。君の持つ修復の魔法は、とても素敵なものだって、僕も知っているから」

「コンラート様……」

いろいろと忙しいはずなのに、私に協力してくれるなんて。その優しさにじーんとする。

このことは、ほかの人たちには内緒にしてほしいと言うと、コンラート様は快く承諾してくれた。

「僕の考えだけど、解呪してもらうのは、魔法をかけた相手に頼むのがいちばんだって昔から言われているんだ。だから、ランベルトに会うことがなによりの近道だと思う」

「じゃあ、もう一度地下迷宮に行けば……！」

「……そのことなんだけど、ちょっと、残念なお知らせがあって」

言いづらそうに、コンラート様が言い淀む。

「あの地下迷宮は、年に一度の特別授業の時しか入れないよう、普段は魔法省の高官がかけた結界魔法が張られているんだ。あそこには決して、危険がないとはいえないからね。誰かが勝手に侵入して事故が起きないよう、そういった仕様にしてあるんだよ」

「ということは、一年後まで入るチャンスは……」

見つけた光を瞬時に闇で覆われて、私は大きく落胆すると同時に、足元がふらついてあとずさる。

「ま、待って。諦めるのはまだ早い。僕が上にかけあってみるよ。ほら、一応王族だし」

一応って……コンラート様は立派な王子様だ。他国の侍女の助けにも、全力で応えようとしてくれる、庶民に寄り添う最高の王子様。モテモテなのもわかる。

「交渉に数日かかるかもしれないけど、待っててくれる？　必ず……君の力になってみせるから」

そう言って、コンラート様は私の手を取ると、熱のこもった瞳でこちらをじっと見つめた。責任感の強さから発せられた言葉だとわかっているけれど……なんだろう。このむずむずする雰囲気。熱い視線を受けて、私は少々戸惑いを感じながらも返事をする。

「わ、わかりました。コンラート様に託します」

正直、留学期間は残り一か月のため急ぎたいところだが……私はコンラート様を信じて待つことにした。

悪役令嬢ユリアーナの未来は、どちらへ転ぶのか。数日後、大きく展開が変わるかもしれない。

コンラート様にギフトが逆転したことを打ち明けて、一週間が経った。

アトリアにいられるのは、残り三週間。これ以上はできることなら待ちたくないな、なんて思い始めた時だった。

「ユリアーナ、今日の放課後、コンラートが君に用事があるって言っているんだが……門で待っててほしいと」

お昼休み、ランチを終えたクラウス様がそう言った。

「えっ！　コンラート様がっ⁉」

ついに進展があったのかと思い、テンション高めに返事をすると、クラウス様は不満げな表情を浮かべる。

「……なんだ。そんなに嬉しいのか？」

「ええ、この一週間ずっと待っていたので！」

なにもしないでおとなしく待っていることは、私にとっては苦痛だった。

一刻も早く、コンラート様から結果を聞きたい。いい結果だったらあとは迷宮に行くだけで、悪い結果だったら、さっさと次の解決策を考えなくては。

「一週間？　なにを？」

「へっ？　……いいえ。べつに」

「…………」

目線を逸らして誤魔化すと、クラウス様は私を怪しんでいるのか、至近距離でじーっと見つめてくる。

……クラウス様だって、マリー様と出かけているじゃない。それも最近は、前よりも頻繁に。私のことに、首をつっ込まないでほしいわ。

「俺も同席したいところだが、今日も用事があって」

「……わかりました。クラウス様、最近お忙しいのですね」

「まぁな。もうすぐエルムに帰るし、ラストスパートってところなんだ」

そう言って、クラウス様はお茶をひとくち飲んだ。

これまでのクラウス様なら、私とほかの男性を、こんなあっさりとふたりきりにすることとなんてなかった。それをしないということは、クラウス様はもう、私への気持ちが冷めているのだと思う。テーブルに置かれている、時間が経った紅茶のように――。

放課後。

私は言われた通り、校門でコンラート様を待っていた。クラウス様の姿はまだ見かけていない。教室にいるのか、それとも今日も、マリー様とどこかへ行ってしまったのか。

「ユリアーナ、お待たせ」

「コンラート様！」

私がコンラート様と待ち合わせしていることに気づいた通りすがりの生徒たちは、みんなぎょっとしていた。私はクラウス様の専属侍女なのに、なぜ主人をそっちのけでコンラート様と一緒にいるのかと思われているのだろう。

コンラート様だけが私のギフトの秘密を知っていて、協力してもらっているから……っていう理由を言えるはずもないため、私は痛いほど感じる視線から逃げるように、そそくさと歩き始める。

「図書室へ移動しましょう」

「そうだね。……ここで待ち合わせだと目立ちすぎちゃったかな？　ごめんね？」

私の気まずそうな態度が伝わったのか、コンラート様は小さな声で私にそう耳打ちした。

こんなに近い距離にいると、それこそ周りに妙な勘違いをされると思う。コンラート様のためにも、変な噂が立たないようにしなければ。

「コンラート様、次から待ち合わせするなら図書室でしましょう！　ほかの生徒たちから変な目で見られる可能性がありますし……ていうか、今日も図書室でよかったのでは？」

なぜ今日に限って、校門前なんて目立つ場所で待ち合わせだったのか。図書室はいつも人がいないし、私もひとりで行けるのに。そう思い、そのまま疑問をぶつけてみた。

「うーん。だって、今日の待ち合わせはクラウスに伝言してもらう形だったろう？　そこで図書室っていったら、クラウスに僕たちの密会場所が図書室だってバレちゃうかなと思って」

「……たしかに。バレたらギフトの話をしづらくなりますもんね」

これはコンラート様なりの気遣いだったのかと、言われて気づいた。でも、正直そんなことをしたってなんの意味もない。なぜなら、クラウス様は追跡魔法で私の居場所を知ることができるからだ。……今ついている痕は、もうだいぶ薄れているけど。

「それに……せっかくユリアーナとふたりきりでいられる場所がなくなるのは、僕としても嫌だなぁって」

「……はあ」

本の話ができる人がいないって言っていたし、ほかの人に邪魔されずふたりでゆっくり本を読みたいのかしら？

「ふっ。全然僕の気持ちが伝わってない。そういうところがかわいいけど」

気の抜けた返事をする私を見て、コンラート様はくすくすと笑うと、到着した図書室の扉を開けた。

いつもと変わらず、図書室にほかの生徒の姿はない。話がしやすくてありがたいのだが、こんなに素敵な場所が過疎化していることは本当にもったいないなと、がらんとした図書室を見るたび毎回思う。

お決まりの席に腰掛けて、私はドキドキしながらコンラート様の言葉を待った。

今日、私を呼び出したっていうことは、地下迷宮を開放してもらえるかどうか、答えが出たということだ。

「ユリアーナ、さっそく本題に入るんだけど……」

私は瞬きも忘れてコンラート様の顔をじっと見つめた。

「父上のほうからも魔法省にかけあってもらって、その結果——あと三か月後でいいなら、結界を一度解いてもらえることになったんだ」

「……さ、三か月後」

私がアトリアにいられる期間は、既に一か月を切っている。そのため、三か月後にもう私はいない。つまり……間に合わない、ということだ。

「なぜ迷宮に入りたいのかっていう大事なところを曖昧にしたせいで、少し怪しまれてしまって……。でも、本当のことを話せば、きっとユリアーナはすぐにエルムへ帰されるって思った。破壊のギフトは、危険なものだから」

私がアトリアの国王でも、きっと破壊のギフトなんてものを持っている外国人が来たら、すぐに追い返すだろう。国王の判断は至極当然といえるため、なにも言い返すことができない。

「そう、ですよね……」

三か月後にしてもらえただけでも感謝しなければならないのに、私はあからさまに落胆し、それを隠すことができない子供だった。三か月後に開放されても、なんの意味もないからだ。

「結界を張った魔法使いが、ちょうど昨日アトリアを離れてしまって、三か月後まで帰ってこないんだ。それも、すぐに迷宮を開放できない理由のひとつだよ。きちんと急ぎだと伝えることができれば、こうはならなかったかもしれない。これは完全に僕の力不足だ。……ユリアーナは僕を信じて待っててくれたのに、本当に申し訳ない」

コンラート様は前髪をかき上げて、心底申し訳なさそうな表情を浮かべて項垂（うなだ）れた。

「いえ。コンラート様は私のために、じゅうぶん動いてくださいました。私は感謝の気持ちしかありません。……あと僅かしか時間はないけど、なんとかほかの方法を探してみます」

到底笑える気分ではないが、必死に笑顔を作って元気ぶってみせる。

でも、ここで間に合わないと嘆いていたって仕方がない。そんな暇があったら、次の解決策を探したほうが有意義だ。今はまだ、事実を聞かされたばかりで落ち込んでいるけど……あと少し落ち込んだら、そのあとは切り替えないと！

「……あのさ、これは僕の勝手な提案なんだけど」

「はい？　なんでしょう？」

「ユリアーナだけ、あと三か月ここに残ったらどう？」

「……えっ⁉」

私だけが、アトリアに残る……？　そんなこと、自分で考えたこともなかったため、私は驚いて思わず大きな声をあげてしまった。

「だって、そうすれば地下迷宮に行けるじゃないか。その時は僕が同行するし、クラウスがいなくなった三か月間も、責任を持って僕がユリアーナの面倒をみるよ。僕が君を気に入ったってことで、期間限定で僕の侍女になってくれてもいい。そうなると、寮でなく王宮でしばらく生活することになると思うけど……」

「いやいやいや！　さすがにそこまでしてもらうわけには……！」

コンラート様は、至って本気のようだ。真剣な顔をして、私をアトリアに三か月残すという方向の話をしてくる。

コンラート様の侍女って扱いで、今度は王宮勤めをするなんて……王宮で働く侍女たちがどんな感じなのか気にならないといえば嘘になるけれど、そんなことより——。

「私は、クラウス様の——」

クラウス様の専属侍女で……シュトランツ公爵家っていう、帰るべき場所がある。それなのに、主人を放ってほかの場所で、自分の都合で働くなんてできない。

そう言おうとすると、コンラート様が急に私を抱きしめた。

なにが起きているかわからず、私は固まる。行き先が迷子になっている両手は、中途半端な場所で止まったまま。だけど、コンラート様の背中に腕を回すという選択肢だけは浮かばなかった。

「僕の専属侍女になってよ。ユリアーナ」

「コンラート、さま」

「三か月だけじゃなくて――ずっとここにいてくれていいんだ」

いつもの優しく柔らかな声色よりも、少しだけ低いコンラート様の声が耳に響く。

「だから僕の――」

腕が解かれ、そのまま向き合っていると、コンラート様の言葉を遮るように図書室の扉が開く音がした。

「……なにしてるんだ」

冷静ではあるが、明らかに怒りのこもった声が聞こえて振り向くと、そこには用事があると言っていたクラウス様が立っていた。

「コンラート、さっさと俺のユリアーナから離れろ」

「……クラウス、どうしてこんなところにいるんだ？　今日もマリーと用事があるんじゃ――」

「離れろって言ってるんだ。聞こえないのか？」

この空気は、ひじょうにまずい気がする。

クラウス様は私たちの席まで来ると、私の腕を引っ張り立ち上がらせて、自分の身体のほうへぐっと引き寄せた。私の腕を掴むクラウス様の手は、無意識にギリギリと力が入っているのか、指先が食い込んで若干の痛みを感じる。そして、私が痛いと言葉にする前に、クラウス様はそのまま私をぎゅっと抱きしめた。

「コンラート、俺がユリアーナに追跡魔法を常にかけているのを忘れていたのか？」

「ああ、まだそうやって縛りつけていたんだ。……用事っていうのは嘘だったんだね。最初から、僕のことを怪しんでいたってことか」

なんの悪びれもなく、コンラート様は答えた。

話の流れ的に、クラウス様は私とコンラート様が図書室で会っていたのを知っていて、今日はわざと自分は知らないフリをして、用事なんてないのにあると嘘をついた……ってこと？　最初から、私たちのところに来るつもりで。

「おかしいと思ったんだよ。クラウスがおとなしく伝言を聞いてくれて、僕とユリアーナがふたりになることを許してくれたから」

「……ふたりにはなっても、やましいことはないと信じていた。いや、信じたかった」

「それを確認するために、あえてユリアーナを行かせたんだ？　……だめだよクラウス。恋愛において、相手の気持ちを試すって行為は破滅に繋がると本にも書いてあったよ。ちゃんとユリアーナを信じてあげないと」

挑発しているのかいないのか、コンラート様はクラウス様の怒りを逆撫でするようなことを言う。

「黙れ。俺はユリアーナのことは信じている。俺が信じたかったのは、お前だよコンラート」

クラウス様は我慢できないというように怒りを露わにし、椅子に座ったままのコンラート様を睨みつけた。

「もちろん、俺の知らないところでふたりが会っていたことにも腹が立つ。だがそれ以上に……お前とは、なんだかんだいい友人になれると思っていた。俺がユリアーナをどれだけ愛しているかも、お前はわかっていたはずだ。それなのに俺からユリアーナを奪おうとしたことが……俺は許せない」

「……どこから聞いてたんだよ、まったく」

「責任を持って僕がユリアーナの面倒を――ってとこからだ。虫唾が走るセリフだったな」

クラウス様は私たちがこそこそと会っていたことよりも、コンラート様に裏切られたことに対しての怒りが強いようだ。

クラウス様が私を抱きしめる腕に、さらに力が入る。これでもまだ、かなり感情を抑えているほうだと悟った。

このままだと、クラウス様がコンラート様に手を上げかねない。

私はそんな予感がして、どうにかこの場を収めようと思った。マシューもよく言っていた。「クラウスはマジギレするとなにしでかすかわからない」と。

実際、私が人さらいに攫われた時も躊躇なく危険な魔法を放っていた。あれは状況も状況で、相手も犯罪者だったからよかったが……相手がアトリアの王子、コンラート様となると、かなり状況は変わってくる。クラウス様もそれをわかっているから、なんとか冷静さを保っているのではなかろうか。

「なにをさっきからへらへらしている。いいか、お前の言うことは聞けない。……どんな事情があってそういう流れになったのか知らないが、ユリアーナは俺と一緒にエルムに帰る。俺以外の専属侍女なんて、絶対にさせない」

クラウス様は、私への気持ちが冷めているのだと思っていた。だけど……私の早とちりだったのだろうか？　でも、それならマリー様とはどういう関係に？

疑問は残るが、これだけは言える。私は今、クラウス様に独占欲を剥き出しにされたことに関して、嬉しいと思っている。苦しいくらいの抱擁に、喜びを感じている。

前まではうざったくて、怖くて、逃げたかった独占欲が、私をこんな気持ちにさせるなんて思ってもみなかった。

ああ、やっぱり私は、クラウス様の侍女でいたい。そしてクラウス様もそれを望んでくれていることが、嬉しくてたまらない。

こんな状況なのにも関わらず、私だけ内心喜んでしまっているのが、ふたりにバレなければいいのだけど。自分でも不謹慎だとわかっている。

「……はは。要約すると、クラウスは僕がユリアーナを口説いたことに怒ってるってことだよね？　でも、それっておかしな話じゃないかな」

「……どういう意味だ」

「だって――クラウスがアトリア（ここ）に来たのは、婚約者探しが目的だって聞いてるよ」

「……えっ？」

クラウス様より先に、私が反応してしまった。コンラート様からは笑顔が消えて、クラウス様を見る目つきも、さっきより鋭い。

「シュトランツ公爵家のほうから、エルムで適した婚約者が見つからないため、婚約者探しもかねて留学を申し込んできたんじゃないか。僕は生徒会長であり、一応王家の人間だからね。そういった情報も、最初からしっかりと聞いていたよ」

「……違う、俺は」

「だったら、僕がユリアーナを口説いたってなんの問題もないじゃないか。クラウスはクラウスで、学園で婚約者を探していたんだから。それとも自分はほかの女性とも関わるけど、ユリアーナはだめって言いたいのか？　君にそんなこと言う権利はないだろう。ユリアーナは君の婚約者ではなく、ただの侍女なんだからさ」

どういうことか、まったく理解できない。

クラウス様は、私にひとこともそんな話はしなかった。アトリアへの留学が決まった時だって、成績優秀なクラウス様に、アトリア側から留学のオファーがあったと、そう言っていた。

「……クラウス様、コンラート様の話は本当なんですか？」

「…………」

ばつが悪そうに、クラウス様は口をつぐむ。急に頭がすぅっと冷静になるのを感じて、私はクラウス様の腕を振りほどいた。

「婚約者を探すために、アトリアへ……？　私に、嘘をついていたのですか？」

シュトランツ家にも、いろんな事情があったのかもしれない。

むしろ、勝手に婚約破棄をしたのは私で、クラウス様が新たな婚約者を探したって、なにも悪いことではない。

だけど私は……クラウス様だけは……私に嘘をつかないと、勝手に思い込んでしまっていた。

私の言葉を否定もせず、肯定もしないクラウス様の態度は、コンラート様が本当のことを言っているのだと証明しているも同然だった。

さっきまで、独占欲を出してくれたことが嬉しいだなんて思っていたことが、馬鹿みたいで恥ずかしい。ぽかぽかとした胸の中心部分が、一瞬で冷たくなるのがわかる。

「クラウス様！ こんなところにいたのですねっ！ ……って、コンラート様にユリアーナさんもお揃いで」

居心地の悪い空気を打ち消すように、今度は図書室に不似合いの高らかな声が響いた。

「クラウス様、急にどこかに行っちゃうんですもの！ それより、さっきのお話は大丈夫でして？ わたくしの実家に来る話、忘れないでくださいねぇ。お父様にもお母様にも、もうお話してるんですからっ」

マリー様にはこの緊迫した空気が伝わらなかったようで、甘い声を出しながらクラウス様の腕に絡みついた。あまりに慣れた様子を見て、普段からマリー様はこうやって、クラウス様と腕を組んでいるのかと思うほどだ。

今度、辺境地にあるマリー様の屋敷までわざわざ出向いて……両親っていう単語も出てきた。これって――クラウス様は婚約者に、マリー様を選んだということ？

「……っ」

その考えが浮かんだ瞬間、手がビリビリし始める。これは、私の破壊の魔力が溢れているも、手袋が必死に抑えつけている時の感覚だ。

ここで破壊の魔力を暴走させるわけにはいかない。ここでクラウス様とマリー様を襲えば……それこそ小説と同じような展開になってしまう！

私は挨拶もせずに走り出した。そしてそのまま、図書室をあとにする。

「ユリアーナ！　待ってくれ！」

背後からクラウス様の声が聞こえた。

そしてバタバタと、誰かが追いかけてくる足音も聞こえる。

必死に寮まで走っているつもりが、校門に辿り着くまでの道のりで、あっけなく腕を掴まれてしまった。

「ユリアーナ！」

私を追いかけてきたのは、クラウス様だった。

互いにはぁはぁと息を切らして足を止める。でも、私は振り向こうとはしなかった。

「隠しててごめん。でも、違うんだ」

「……なにが違うんですか」

「婚約者探しって目的で、シュトランツ側から留学を申し込んだのは本当だ。でも……それは俺の意思じゃない」

そんなこと、あとからどうとでも言える。

それにクラウス様の意思でないのなら、マリー様との関係に説明がつかない。ふたりが親密になっていることなんて、クラウス様のいちばんそばにいる私がよくわかっている。

「もうなんでもいいです。私、わかってましたから。それにコンラート様の言う通り、私はただの侍女で、それ以上でも以下でもない」

「……どうしてそんなことを言うんだ。最近のユリアーナはおかしい。地下迷宮に行ったあとから、ずっと思ってた。……ユリアーナ、俺に隠しごとをしているんじゃないのか？」

クラウス様の言葉に、心臓が大きく跳ねる。

バレないよう、平静を装っているつもりだった。でも、クラウス様はなにかが違うことに勘付いていたんだ。

「それを……コンラートには相談していたんだろう？」

　苦しそうな声を聞くだけで、表情まで読み取れる。私がエディに言われて、べつのところに勤め先を変えるとクラウス様が勘違いをした時も、今みたいに、余裕のない声をしていた。

　いつも自信満々なクラウス様も、こんな弱い表情を見せるんだって……あの時、初めて知ったことを思い出す。つい最近のことなのに、もうずいぶんと、昔のことみたいに遠く感じる。……私たちの距離も、あの時近づいたと思ったのに、また振り出しに戻ったかのように思えるのはなぜだろう。

「コンラートには言えて、俺に言えないことなのか？　どうしてユリアーナは……俺よりコンラートを頼るんだ。ユリアーナが言ってくれるまで待とうと思ったけど……もう限界なんだ……！」

「クラウス様だって、私に隠しごとをしてましたよね⁉　それに、マリー様といつも、放課後どこかに行っていたじゃないですか……！　私だって、ずっと気づいてました」

　クラウス様に触発されるように、私もぶわっと感情が溢れる。振り向いた先に見えたクラウス様の表情は――想像通り、悲しげで、寂しそうだった。

……どうしてクラウス様がそんな顔をするの？

私を置いて、べつの人と幸せになるんでしょう？　私だってずっと……それを望んでいたんでしょう？　それなのにどうして、こんなにも苦しいのかわからない。

「私は侍女なのに自惚れてしまいました。クラウス様の言葉を本気にして……いつか、もう少し時が経てば……ありえないと思っていたことも、ありえるのかなって……でも」

どっちにしたって、元々悪役令嬢の私が、破壊のギフトを手にしてしまった私が――クラウス様とハッピーエンドを迎えることなんて不可能なんだ。

「私たちはきっと、この世界ではどうあがいても結ばれないんです」

涙が頬をつたう前に、それがクラウス様に気づかれてしまう前に、私は前を向く。

そして掴まれた手を振りほどくと、そのまま振り向かないで走り続けた。

10　素直になること

寮に戻ってからも、必然と顔は合わさなくてはならないわけで。

私とクラウス様には、なんともいえない気まずい空気が流れ続けていた。

「ユリアーナ、昨日のことなんだけど……」

「それでは次の仕事がありますので、失礼いたします」

基本的にはこんな感じで、クラウス様が私に話しかけても、私が拒絶してしまう。

仕事なんてなくても、クラウス様の前から逃げたくて、勝手に口が動いてしまうのだ。

――聞きたくない。クラウス様の婚約話なんて。どうでもいいから、私にいちいち話しかけてこないで。

婚約者が見つかったとか、そういう類の話を聞かないために、私はクラウス様を避け続けた。クラウス様と一緒にいると、どうしてか不安な気持ちが大きくなる。胸がもやもやして、気持ち悪い。そんな私の心に反応して、手はビリビリとし始める。

クラウス様のそばにいると、破壊の魔力が発動しそうになる。できるだけ、一緒にいないほうがいいかもしれない……。

「ユリアーナ」

クラウス様を学園まで見送り、寮へ戻ろうとしたところで、登校したてのコンラート様と鉢合わせた。

「昨日、あれから大丈夫だったかな……」

「ああ、全然、気にしないでください」

「……無理してるね。目の下、隈がすごいよ」

コンラート様が親指で、私の目の下にそっと触れた。

目からはなにも出ていないのに、涙を拭うような動作をされて、まるで私がひとりで流した涙を拭いてくれているみたいだった。

「僕がよけいなことを言ってしまったのならごめん。でも……どうしてもクラウスのやってることに納得いかなかったんだ。あれは僕なりの正義のつもりだったけど、それがユリアーナを傷つけてしまったね」

「いえ。傷ついたというか……驚きはしましたけど。それに、クラウス様がどういった理由で留学しようと、私はただ専属侍女として同行しただけなので」

関係ない、と自分にも言い聞かせるように、私はそう言った。コンラート様が私の言葉を信じているのか否か不明だが、それ以上、クラウス様との件に関して追及してくることもなかった。……また気を遣わせちゃったと、申し訳なさを感じる。

「昨日言ったこと、僕は本気だから。ユリアーナも一度、きちんと考えてみてほしい」

「……昨日……あっ」

そういえば、コンラート様に「アトリアに残ったらどうか」って言われていたんだ。

「そうですね。ギフトの件もあるし……はい。ちゃんと考えようかと思います」

「うん。そうしてくれたら嬉しいな。もちろん、ギフトを戻すことを最優先で考えていい。そのためにも、三か月だけ残るっていうのは、ユリアーナのためになると思う」

「はい。ありがとうございます。べつの方法も探しつつ、考えてみます。もしかすると、私にギフトをくれた大精霊が解呪できる可能性もあるし……」

「ああ、それはあるかもね。一度エルムに戻って、その大精霊でも解呪できないってなれば、またアトリアに来るっていう手もある。……でも僕としては、残ってくれるほうが嬉しいんだけどね。それに、事情を知っている僕と一緒にいたほうが、ユリアーナも安心しない？　エルムに戻ってギフトを隠し続けるのって、結構たいへんだと思うよ」

「うっ……言われてみたら、そうかもしれません」

エルムに帰ると、シュトランツの屋敷ではギフトのことが既に広まっている。修復を必要とされる機会も、留学期間中より圧倒的に増えるだろう。そうなると、隠し通せる自信がない。

ティハルトだって、会おうと思ったら会えるって存在じゃあないし……。そうなると、やっぱり三か月残るのが、現時点でいちばんいい方法な気もする。

「まだ時間はある。ユリアーナがいい選択をしてくれるのを、僕は待ってるから」

そう言って、コンラート様は学園へと歩いていった。

……コンラート様といると、破壊の魔力が溢れる気配がまったくしない。

ドキドキと心臓がうるさくなることもないし、なにをされて、なにを言われても、感情が乱れることがない。常に落ち着いていられるから……破壊の魔力も、発動しないんだと思う。

これが安心っていうのだろうか。だとしたら、コンラート様みたいな人と一緒にいたほうが、私のためになるかもしれない。

アトリアに残れば、クラウス様と離れることになる。そうすれば、破滅エンドを迎えることもないもの。

クラウス様といたらドキドキしっぱなしだし、ぐいぐい迫ってきたかと思ったら、急にマリー様と仲良くしたり……なにかあるたびに感情が振り回されて、ちっとも落ち着かない。アトリアへ来てからは、以前にも増して感情がジェットコースターのようになっている。ここまでかき乱される相手って……私はクラウス様と、相当相性が悪いのだろうか。

ニコルはドキドキする相手イコール好きなのだと言っていた。私も、そういったドキドキもあるのかとその時知って、私がクラウス様に感じるドキドキに、いつか名前をつけようと思っていた。そしてそれはたぶん——ニコルが言っていたのと同じ名前なのだと、思い始めていたのに。最近はそう思わない。

だって……クラウス様のことを考えると胸が苦しい。苦しいって感情は、決してプラスの感情ではないでしょう？　私は自分を苦しくするものの正体に……好きだなんて名前はつけられない。

だから、ときめきでもなく、嫌悪感を抱くわけでもなく——ただ安心してそばにいられるコンラート様のような人と一緒にいるほうが、幸せなのかもしれない。自分を保っていられるし、心も穏やかでいられるもの。

「ああもう、考えれば考えるほど、好きがなにかわからなくなってきた！」

こういうのはニコルに相談したいけど、ニコルに同じ質問をしたって同じ答えが定型文のように返ってきそうだ。……そうだ。リーゼなら、なんて答えてくれるだろう。

思い出すと、急にリーゼのことが猛烈に恋しくなった。恋敵のはずのヒロインが、今では私の心のオアシスになっているなんておかしな話だ。

午前中の仕事を終え、普段ならランチタイムにクラウス様に食事を届けるために学園へ行く頃だが、今日はそうしない。というのも、月に一度生徒たちの交流を図るために、学園側が用意した食事をみんなで一緒にとるという決まりがあるらしい。それが今日なのだ。

既に二度その交流会をかねたランチを終えたクラウス様は「昼間から豪勢なパーティーに参加してるようだった」と言っていた。ついでに「エルムでは絶対にあんな無駄なことはしない」と毒を吐いていたっけ……。生徒の交流のためにっていいことだと思うけど、息苦しく感じる生徒もたしかにそれなりにいそうだ。

今回はナイスタイミングというか……顔を合わせる回数が少なくなって、正直ほっとしている。今クラウス様とふたりきりにされたら、なにを話したらいいかわからない。

「……時間もあるし、ちょっとどこかへ出かけてみようかしら」

部屋でじっとしていると、あれこれといらないことを考えてしまう。しかも、なぜかネガティブな方向に。そんな時間が嫌で、私は気分をリフレッシュすることにした。

コンラート様の提案をのむかどうかも、きちんと決めなくてはならない。そもそも、解呪方法も探さなくては……。私、やることがたくさんあるのに、なにをぼーっと思い悩んでいたんだろうか。

この時間は図書室へ行くことはできないため、本を探すっていう手段は使えない。もっと視野が広がるような、いいアイディアが思いつく場所はないだろうか。

そう思い、私は寮の裏にある広場に行くことにした。

広場は緑がいっぱい広がっており、綺麗な花も人造湖もある。一度クラーラに連れて行ってもらったことがあり、その時は自然を浴びることでとてもいい気分転換になったし、心なしか頭もすっきりした。この時間帯だと寮生は学園にいるため、広場にはそんなに人がいないだろう。

さっそく移動すると、予想通り、人場にはほとんど――否、まったく人がいなかった。広場ではたまに吹く風のざわめきと、それによって木の葉が擦れる音だけがする。都会の喧騒を忘れて一時的に田舎に帰ってきたような、心地のいい静けさだ。

広場には大きな木があり、私はそこの木陰で休むことにした。

この木はちょうど広場全体を見渡せるような位置にあって、考えごとをするのにも、逆になんにも考えずぼーっとするのにも最適だと、個人的に思っている。目の前にこれだけの緑と青い空が広がっていたら、自分の悩みなんてちっぽけに見えて、次第にすーっと心が軽く、頭は冷静になるのを感じていた。

……あ、いけない。ぽかぽかして気持ちいいせいか、眠くなってきた。

昨日、ほとんど眠れなかったせいだろうか。その眠気が、今になって急に襲い掛かる。いろいろアイディアを浮かばせるために広場まで来たというのに、あまりに心地よいせいで身体が休息を優先したがっている。

「……寝たらだめ、時間が、ないんだ、から……」

閉じかける瞼との戦いが始まった。しかし、気づけばガクッと首が下に落ち、その感覚でびくりと目を開ける、なんてことばかり繰り返している。そして完全に目が閉じて、そのまま夢の世界へ落ちていきそうになったその時だった。

「ユリアーナ！　ユリアーナ！」

突然、私の名前を呼ぶ大きな声が聞こえたのだ。

「は、はいっ！　ユリアーナです！　ちゃんと起きてます！　侍女長！」

びくっとして、私は目を開けるとそんなことを口にしていた。

たぶん、侍女ミーティングの際にうとうとしている私の名前を呼ぶ侍女長の声だと勘違いして、つい身体が反応してしまったのだと思う。

「なに言ってるの？　変なユリアーナ！」

そうよね。こんな場所に、侍女長がいるわけないものね――って。

「あなたは……ティム⁉」

「覚えててくれたんだ！　うれしいな～！」

アトリアの最初の森で会った精霊であり、私に言葉のギフトをくれたティムが、青空色のカールヘアを揺らしながら、目の前で嬉しそうに飛んでいる。

「どうしてティムがここにいるの⁉」

ティムはあの国境近くの森にある湖の精霊だと言っていた。

ここは森から離れた場所に位置する、ただの広場だ。それなのになぜ、ティムがいるんだろう……。

「そんなの、ユリアーナが心配で会いにきたからに決まってるじゃん！　一応、この国にある湖を介して行き来できる力を持ってるからね。そこの湖と森の湖を繋いで、ここまで来たんだよ」

森の湖は自然にできたものっぽかったけど、人造湖でも繋ぐことはできるのね。そんな細かいことをいちいち聞くのは野暮だと思い、心の中で勝手に納得した。

「今日はティモは一緒じゃないの？」

「うん。ティモはクラウスに会いたがってたけど、生憎クラウスは森の近くに全然行かないみたいでさ。嘆いていたよ。ティモも森を介さないと移動ができないから」

「ふたりには、私たちがどこにいるかわかるんだ？」

「大体はね。最新で言葉のギフトを捧げた相手にのみ、その効果は発動するんだ」

なるほど。だからティムは私を、ティモはクラウス様の位置を把握することができたんだ。

「ちなみに、わかるのは場所だけじゃないんだよ」

「……？　どういうこと？」

ほかになにを知られているのだろうか。

「相手の感情の乱れ方だよ。ユリアーナ、最近ものすごくマイナスに感情が動いてる！　そのマイナスは、ボクに伝わってくるんだ」

「……私の感情？」

「うん。幸せになれるはずの言葉のギフトを贈ったはずなのに、それの逆に進んでいるっていうのがわかって……心配になって、会いにきたんだよ」

「そうだったんだ……。それで、ここまで来てくれたのね」

私の幸せを願ってくれたティムに、よけいな心配をかけてしまった。

申し訳なく思い、私はティムの頭を指先で優しく撫でる。ふわふわした髪の毛は、わたあめのような感触だった。

「ユリアーナ、なにか悩んでるの？」

「うーん。そうね。悩んでる。っていうかいろんなことが一気にのしかかって、キャパオーバーっていうか」

右手で後頭部を掻きながら、私は苦笑した。

「キャパオーバーならさ、誰か信頼できる人に溢れたぶんを預かってもらえばいいんだよ。悩みの共有！　つまり、誰かに話したほうがラクになるし、解決策も広がるよ」

「やっぱりそうよね……」

それは私も重々承知だ。ただ、今回のことに関しては、今身近にいる人に相談しても逆にごちゃごちゃしてしまう気がしているのもたしかで……。

「私自身、誰に相談するのがいちばんいいのかわからなくて。わかったところで、その人が近くにいるとは限らないでしょう？」

「それなら、ボクが協力してあげる！　こっちに来て！」

小さな身体でぐいぐいと私の服を引っ張るティム。そしてそのまま、人造湖まで連れてこられる。

「ボクの魔法でこの水面に、ユリアーナがいちばん話したいと思ってる人を映してあげる。映ったらその人に話しかけてみて。限られた時間だけど、会話もできるんだ」

「本当？　ティムったら、そんなすごいことができるの？」

「任せてよ！　身体は小さいけど、精霊としては一人前だからっ！　ほら、湖を覗き込んでみて」

ティムに誘導されるがまま、私は揺れる水面を覗き込んだ。

後ろから押されるなんてお決まりの悪戯をされないかしら……なんて、どうでもいいことを頭の片隅で考えていると、水面に映る自分の姿が、どんどん様相を変えていく。

「……！」

そして水面に浮かび上がったのは――リーゼだった。

見慣れた学園の生徒会室で、ひとりスイーツを食べている。エルムの学園も、ちょうどランチタイムだろうか。

「この子がユリアーナが、今いちばん話したいと思ってる子かぁ。かわいいね」

「かわいいだけじゃなくて、とってもいい子よ。聖なる魔力のギフトを持っているの」

「へぇ！　それはすごいね。そんなことよりほら、彼女に話しかけてみて！　ユリアーナの声が、相手の頭に直接響くはずだよ。そして声が届いたら、まずは鏡の前に行くよう促してみて」

「わ、わかったわ」

ティムに言われた通り、私は水面に映るリーゼに話しかけてみる。

「リーゼ様、聞こえますか？　ユリアーナです！」

私がそう発した瞬間、リーゼの手からクッキーの破片がぽろりと落ちた。そして辺りをきょろきょろと見渡している。

「……ユリアーナ様？」

続いて、リーゼの声まで聞こえるようになった。

「そうです！　リーゼ様、わけあって、アトリアの精霊に頼ってあなたと会話できるようにしてもらいました。もしお時間があれば、鏡に姿を映してもらえませんか？」

「か、鏡ですね！　ちょっと待ってください！」

リーゼはなにが起きたのか、当たり前だが完全には理解していないように見える。

それでも私の言葉を聞いて、いそいそと近くに置いていたであろうかわいらしい手鏡を取り出した。

「これでいいですか――あぁっ！　鏡にユリアーナ様が映っています！」

「本当ですか!?　こちらは湖の水面に、リーゼ様の姿を映させてもらっています！」

「えぇっ!?　じゃあ、私の姿を見られていたということですか？　は、恥ずかしい……」

ぽっと頬を染め、視線を斜め下に落とし恥ずかしがるリーゼ。

「……ティム、これ、録画機能とかついてない？」

「なに言ってるの。あるわけないじゃん！」

あまりにその姿がかわいすぎてわけのわからない質問をすると、ティムに冷めた目で見られてしまった。

「だけど、お元気そうでよかったです。精霊の力を使ってこんなことができるなんて、私もアトリアに興味が湧いてしまいました！　……それで、どうかなされたのですか？　私でよければ、全力でユリアーナ様のお役に立ちたいと思っております」

にこにことしていたリーゼの顔が、真面目なものに変わる。

私が理由もなく、ただ話したいからという理由で会話ができる環境にしてもらったわけではないと、リーゼも感じ取っているのだろうか。……まぁ実際は、〝ただ話したいから〟っていうので間違いはないのだけれど。

「リーゼ様……私、この先どうするかわからなくなって……」

それは、自然とこぼれた言葉だった。

「……なにをしたら正解で、なにをしたら幸せになれるのか、全然わからない」

そもそも、私にとっての〝幸せ〟ってなんなのだろう。

記憶を取り戻してからは、人の役に立てることと、破滅をせず平和な人生を歩むことが、私にとっての幸せだと思っていた。そのふたつさえあれば、それでいいと思っていた。

「……ユリアーナ様は、なにをしている時に心が満たされる感覚になりますか？　私は甘いものを食べている時と、聖なる魔法を使って誰かを救えた時と、ゆっくりお茶を飲みながら、エディと一日を振り返って笑ってる時……ほかにもありますが、大体はこんな感じです。ユリアーナ様は、どうですか？」

そんなこと、改めて考えたことがなかった。リーゼに言われて、初めて私はなにをしていると心が満たされるのかを考える。

「私は――侍女として働いてる時、誰かの役に立った時、それに元気でいられることと、ベッドに入って、これからたくさん眠れるーって時！」

「ふふ。ユリアーナ様らしいですね。じゃあ――誰といる時に、幸せを感じますか？

誰とそういった心が満たされる感情を、共有したいと思いますか？」

「……それは、リーゼ様とか、マシュー様もエディももちろん……シュトランツの侍女たちみんなもだし、家族も……」

敢えて、クラウス様の名前だけを出さなかった。いや、出せなかった。すると、水面に浮かぶリーゼがくすくすと笑いだす。

「そんなのけ者にしたら、クラウス様がいじけてしまいますよ。……やっぱりクラウス様と、なにかあったのですね？」

「えっ……まさか、今のはまわりくどいリーゼ様の誘導尋問⁉」

「いえ。単純に聞きたかったのです。それと、ユリアーナ様がアトリアでどれくらい素直になったのか確認もしてみたくて……ごめんなさい。ちょっと意地悪でしたね」

リーゼは眉を下げて、困ったように笑ったあと、また口を開いた。

「たとえば、今と同じ質問をクラウス様にしたとします。そうすると、クラウス様は真っ先に、ユリアーナ様の名前を出すでしょう。心が満たされる瞬間は、ユリアーナ様と一緒にいる時、そして幸せを共有したい相手も……聞くまでもないです」

「……リーゼ様、今のクラウス様は、きっとそんなことありません。クラウス様は……新たな婚約者を、アトリアで探そうとしているんです」

私の言葉に、リーゼは一瞬驚いた顔をしたが、すぐにいつも通りのリーゼに戻る。

「そうですか。それでおふたりは現在、絶賛すれ違い中と。そういうことですね？」

「す、すれ違いっていうか……クラウス様が私に嘘をついていたのがショックで……」

「嘘をついたことだけですか？」

リーゼに言われて、私は思わず口をつぐむ。

私はなにに、ここまで嫌気がさしているんだろう？　それは果たして、クラウス様が、嘘をついたことだけなのか。ここへきて、急になにもかもうまくいかなくなったことか。

それとも……いつまでもこうして意地を張り続ける、自分になのか。

「クラウス様の留学の背景にそういった事情があったにせよ、私の思うことは変わりません。……ユリアーナ様、ちょっとでいいんです。ちょっとだけ、素直になってみてはいかがですか？　自分で気づかないようにしている本心を認めてあげましょう。そしてそれを、クラウス様に伝えてあげてください。それだけで……クラウス様は、とっても喜んでくれると思います」

私が、素直になるだけで……？

隣を見ると、ティムもこれでもかというくらい、うんうんと深く頷いている。

「私って、そんなに素直じゃない？」

あまり自覚がないため、思わずリーゼに聞いてしまう。

「最初は素直すぎる人だなぁってくらい真っすぐでしたけど……途中から、クラウス様に関してだけ素直でなくなった印象です。それも、最近は特に。それはたぶん、ユリアーナ様の中にあるなにかが、素直になることを怖がっているのかと」

私の中にあるなにか――。それはきっと、ユリアーナが辿る、悲惨な結末……。

最初は、ただ断罪されるのが怖かった。でも、次第にこう思うようになった。

私がクラウス様を本来の小説通り好きになると、きっと私だけじゃなく、クラウス様も傷つけるのではないか。

破壊のギフトを手にした今、よけいにその線が色濃くなったように思って怖い。それなのに……思いは逆に膨らんでいって、わけがわからない。

大体、小説ではクラウス様と結ばれるべき相手はリーゼなのだ。

リーゼもクラウス様に恋をしている……はずなんだけど、いつまで経ってもそんな素振りはいっさいない。

「あの、リーゼ様、これを機に聞きたいのですが、リーゼ様はクラウス様のことが好きじゃないのですか？」

「私が？　……そうですね。人としては好きですし、尊敬しています。でも、恋かと聞かれると違います」

リーゼはきっぱりと言い放った。その表情に、嘘があるとも思えなかった。この世界で、クラウス様とリーゼは、どちらも恋に落ちなかったんだ。

「私は、クラウス様とユリアーナ様のおふたりが大好きです。それも……ユリアーナ様が侍女になってからのおふたりが。ユリアーナ様はたしかに一年生の時とはずいぶん変わりましたけど……根底にある想いは、やっぱり同じなのだと、今確信しました。ユリアーナ様、どうかクラウス様と幸せになってください。これが、私の願いです」

リーゼの満面の笑みが弾けた瞬間、私の中のなにかも、音を立てて弾けた。

水面に映るリーゼの顔は次第にぼやけて、すぅっと水の中に溶け込んでいく。声も聞こえなくなり、ティムの魔力が途切れたのだと悟った。

「ごめん！　魔力が切れちゃった。ついでにボクも、そろそろ家に戻らないと」

家というのは、最初に出会った森の湖のことだろう。

「ありがとうティム。ティムのおかげでリーゼと話せて、本当によかった」

「役に立てたようでなにより！　ねぇユリアーナ、もう忘れちゃだめだよ。ボクの言葉のギフトをさ」

「……うん。頑張ってみる」

ティムは大きな目を輝かせると、私の頬にキスを落として、水面の中へと消えていった。そして聞こえてくるのは、また風のざわめきと、木の葉が擦れ合う音だけになる。

どこからか一枚の葉が飛んできて、ゆるやかな速度で湖の中へと落ちて行った。その葉はのんびりと、水面の上をゆらゆらと揺れている。私の気持ちも、ずっとどこかでこうやって揺れてはまた元の位置に戻ってを、繰り返してきたのだろうか。

「ヒロインにヒーローとの幸せを願われるって、変なの」

リーゼの最後の言葉を思い出すとおかしくなって、ふっと小さな笑いがこぼれる。

ユリアーナは、クラウス様とリーゼの幸せをどうしても許せなくて、あんなことになってしまったのに。恋敵だったはずの相手から、応援されちゃうんだもの。

こんな展開になるってことは——やっぱり、シナリオなんて、自分の行動でいくらでも壊せるんだ。

それを、この小説のヒロインであるリーゼの言葉で、やっと気づかされた。

強制力なんかに怯えないで、私は私で……ありのままの気持ちで生きていいんだと。

「その結果破滅を迎えることになったとしても……本音を言わずに終わるほうが、

ずっと後悔するわよね」

クラウス様から専属侍女に任命されたあの日、私はたしかに、自分の心の変化に気づいていた。でもその変化を認めてしまうには、まだ早すぎるのだと思っていた。

バッドエンドを回避できたら、その時この気持ちと向き合えばいい。ドキドキする意味を、ちゃんと知ろうとしたらいい。

そうやって、ずっと気持ちを伝えてくれるクラウス様を自分の都合であしらって、興味のないふりをし続けた。その結果がこれだ。クラウス様の気持ちが万が一離れてしまっても、仕方のないことだと思っている。でも、まだ手遅れじゃあないのなら、私はちゃんと、クラウス様の前で素直になりたい。

「やっぱり私は、記憶が戻っても結局ユリアーナ・エーデルなんだわ。だって……まんまとまた、クラウス様のことを好きになっちゃったんだもの」

私を破滅に導く、天敵だと思っていたのに。

水面を揺れる葉から、今度は上を見上げて青空に目線を向ける。

「……クラウス様と幸せになりたいっていう元々のユリアーナの夢を、この世界で叶えようとしてもいいわよね」

この空よりも遥か上のどこかに神様がいるのなら、その神様に伝わるように、私はそう言った。

はやる気持ちを抑えられず、私は放課後になるとすぐに学園へと向かった。

昨日、私はクラウス様にひどいことを言ってしまった。ひどい態度もとってしまった。……悲しい顔を、させてしまった。

まずは謝りたい。そして、ちゃんと話を聞きたい。

クラウス様は、私のことをどう思っているのか。どうして婚約者探しという話になったのかも全部――クラウス様の口から説明してほしい。

もし、ここ最近マリー様とよく親交している理由がその婚約話に関わっているのなら……決意を固めてしまう前に話さないと！

急いで学園へ行くと、いつもと雰囲気が違うことに気づいた。

午後の授業が終わったばかりの時間帯は、通常時はどこもかしこも生徒たちで溢れている。それなのに、今日はやけにがらんとしていた。

例えるなら、初めてアトリアの学園に来て、案内をしてもらった時のような静けさである。

とりあえず、私はクラウス様を捜しに学園内に足を踏み入れた。門前やテラスと同じように、学園の中にも生徒はほとんど見当たらない。

教室にもクラウス様の姿はなく、私はひとつの可能性として、生徒会室を訪ねることにした。

私が生徒会室の扉を開けようとしたところで、ちょうど反対側からガチャリと扉を開く音が聞こえた。

「……ユリアーナ？　どうしたの？　急に現れるからびっくりしたよ」

生徒会室から出てきたのは──コンラート様だった。

「あの、まだ授業は終わったばかりですよね？　クラウス様を捜しているんですが……」

「あれ、ユリアーナ、今日の授業は午前までだよ」

「えっ……⁉」

「ほら、昼に生徒同士の親交を深めるランチパーティーがあっただろう？　あのランチパーティーがある日は、三か月に一度、午後の授業が休みになるんだよ。クラウスにも事前に伝えていたはずだけど、ユリアーナは聞いてなかった？」

「……はい。今日がランチパーティーというのは聞いていたんですけど」

どうして、教えてくれなかったんだろう。

昨日あんなに、隠しごとをしたことで揉めたのに。クラウス様には、あの時の私の寂しい気持ちは少しも伝わらなかったのだろうか。それとも、私があんな態度をとったから？　クラウス様も、もういいって——。

勝手に不信感を募らせていたが、途中ではっと我に返る。

いけない。ついさっき、気持ちを切り替えたばかりなのに。言わなかったことにも、クラウス様なりの理由があるに決まってる。私の勝手な妄想で、クラウス様へ不信感を抱いては本末転倒だ。

「もしかすると……ユリアーナに言わなかったのって」

なにかを思い出したように、コンラート様が口を開いた。

「あ、いや、なんでもない」

しかし、すぐに誤魔化すように口ごもる。コンラート様のしどろもどろとした態度が、私には妙に引っかかった。

「コンラート様は、クラウス様からなにか聞いていたのですか？」

途中で話を中断されると、よけいに聞きたくなってしまうのは人間の性である。

私が詰め寄ると、コンラート様は観念したように口を開いた。

「クラウスっていうか——マリーから聞いたんだよ。今日はクラウスと、家同士の関係する……いわゆる将来の話をしに、自分の屋敷へ一緒に行くのだと」

そう言われて、私は昨日図書室へ駆けつけたマリー様が言っていたことを思い出した。マリー様はたしかに、自分の屋敷へクラウス様を招くような発言をしていた。

両親にも——みたいなことを言っていたから、私も気にしていたけれど、まさか昨日の今日、屋敷へ行くなんて思ってもいなかった。

「たぶん、あのふたり、婚約するんじゃないかな。そうじゃないと、マリーもあんな言い方はしないと思う」

「クラウス様が、婚約……」

考えてはだめ。そんなの、まだわからないじゃない。

だから、頭の中で想像してはだめ。クラウス様とマリー様が、結ばれているところを。

ふたりの関係を壊したいと、思ってはだめ——。

ビリビリと、いつになく大きな魔力が溢れ出すのを感じる。

恐る恐る手のひらを見つめると、ピリッと手袋に裂けめが入った。

「……あ……」

この手袋の代用品はどこにもない。手袋が破れてしまえば、破壊の魔力を抑える術がなくなってしまう。

　そうなれば、私はマリー様を、そしてクラウス様を――きっとこのギフトで傷つける。

　私がクラウス様を好きになったばかりに。ふたりの関係を壊したいと、心のどこかで思ってしまっているからだ。

「早く……早く解呪しないと……！」

「ユリアーナ？　大丈夫か……？」

「解呪……ランに会わなきゃ……」

　ぶつぶつと、なにかに取りつかれたように私は呟いた。隣でコンラート様がなにか言っているが、全然耳に入ってこない。

　――クラウス様が戻ってくる前に、ギフトを元に戻さなければ。

　私の頭の中は、とにかくそれでいっぱいだった。

　そして私は、勢いよく走り出した。……ランのいる、地下迷宮へ行くために。

11　そんな世界ならば　クラウスside

大盛り上がりで終わったランチパーティーだったが、俺の気分は最悪だった。というか、今日は朝からずっと最悪な気分だった。

言ってしまえば、昨日コンラートに、ユリアーナ宛ての伝言を頼まれた時から最悪だった。そのため、今は最強最悪最低な気分とでもしておこうか。

魔法の腕も成績もよく、俺の話にもついてこられる。性格はたまに鼻につくが、王族の権力をふりかざし自慢することもない、俺の友人にするには申し分なかったコンラート。

留学後も、こいつとなら親交を続けてやってもいいと、自分から思えた唯一のアトリア人。

――そのコンラートが、俺の大切なユリアーナを口説いていた。挙句……俺がいちばん知られたくなかったことを、ユリアーナに伝えてしまった。

あの時は、コンラートがユリアーナに迫っていたところを見て頭に血が上っていた。

ユリアーナの態度がどこかよそよそしくなって、それと同時期くらいに、ユリアーナはコンラートに対してだけ、安心した顔を見せることが多くなった。

だから俺はすぐにピンときた。ユリアーナは俺に隠しごとをしていて、その俺には言えない隠しごとを、コンラートとは共有しているのではないかと。

最初は俺の知らないところで、ふたりになにか特別なことがあったのかと考えた。だが、俺はずっとユリアーナを見ていたからわかる。ユリアーナがコンラートを見る瞳は、ほかのやつらを見るのとまったく同じだった。たとえばマシューと会話している時とコンラートと会話している時の態度は、どちらも一緒。ただマシューと違うのは……ユリアーナを見るコンラートの瞳は、どこか俺と同じものを感じたこと。

まさに、エディがユリアーナを見る時の眼差しの変化を、俺が見つけた瞬間を彷彿とさせた。あの時も死ぬほど苛立ち、どうお灸を据えてやろうかと考えていたが、それは今回も同じだった。

だが、相手は一応アトリアの王子。身分でいえば、俺のほうが下になる。下手な真似はできない。それでも、ユリアーナに対し瞳で情熱を語っていいのは俺だけの特権である。それをどういう手段でコンラートに忠告しようかと思っていたら……このザマだ。

ユリアーナが頑張りやで面白くて一途で実は真面目でかわいくて――っていうのは、

俺がいちばんわかっている。俺があれだけ雑に対応していた時でさえ、めげずに俺を追いかけてきた。

あんなかわいい侍女は、世界中のどこを探してもいない。

それに、たった三か月の留学期間だ。俺のそばにしかいさせないし、手の出しようもない。エルムに戻ればユリアーナと会わせることはない。だから勝手に大丈夫だろうと思っていた。手を出してくるやつなんて、絶対にいないと。

……でも、今回もいた。執事のエディに続いて、今度は王族のコンラート。

やっぱり、ユリアーナはどこかに行くだけで誰かを惑わせる。こうなったら、もう俺の部屋に閉じ込めておくしかないのか？

次どこかへ留学する機会があれば、絶対に人前には出さない。出すとしても変装させるか……着ぐるみでも着せて、顔と体型がわからないように……。しかしそんなことをしたら、俺の趣味を疑われ……いや、保身に走っている場合じゃない。俺がどんなに変人扱いされてもいいじゃないか。愛するユリアーナを守れるのなら……。

「クラウス様、さっきからころころ表情が変わっていますけど、なにをお考えで？」

「え？　ああ……べつに。なんでもないが？」

隣から聞こえる鼻にかかったマリーの声で、一気に現実へ引き戻された。俺が笑顔で適当な返事をすると、マリーは「ふーん」と言って、俺に疑いの眼差しを向ける。

「なんでもないにしては、ずいぶん長いこと考えごとをしていたように思えますわぁ」

「そうか？ マリーの考えすぎだろ」

うるさいな。静かにしていろ。

本心をうっかり言ってしまわないよう、俺は気をつけながら発言していた。

今は、マリーの用意した馬車に乗っている最中だ。俺は今日、とある話をするためにドレーゼ伯爵家へ行くことになっている。

ドレーゼ伯爵家は辺境地にあるため、学園がある王都からは二時間近く馬車を走らせなくてはならない。本来だったらもう到着してもいいはずなのに、マリーが王都のカフェに寄りたいとか、新しくできた店に寄りたいだとか、好き勝手したせいで大幅にスタートが遅れてしまった。俺のイライラはピークに達していたが、マリーのご機嫌とりも今日で終わる。そう思って、必死に我慢し続けた。

昨日だって、本当はもっと早く図書室に行くはずだったのに。マリーが俺を離してくれないせいで、追跡魔法でユリアーナの居場所を確認するタイミングを失ってしまった。マリーの邪魔さえなければユリアーナに勘違いされることも、コンラートがユリアーナに迫ることも阻止できたかもしれないのに。

「きゃあっ！　クラウス様、急に険しい顔をしないでくださいませぇ。眉間に何本も皺ができてますよっ」

知らないうちに、俺はマリーを睨んでいたらしい。誰のおかげでこんなに眉間に皺を寄せていると思っているのか。だが、ひとつも物怖じしないところは、この女のすごいところだと言ってもいい。この図々しさは——昔のユリアーナにちょっと似ている。

「それよりマリー、あとどれくらいかかるんだ」

「えーっと、一時間くらい？」

俺を上目遣いで見つめながら、人差し指を顎にあてて首を傾げるマリーを見て、俺は初めて女性にたいして猛烈な怒りを覚えた。男相手だったら、魔法のひとつやふたつお見舞いしていたかもしれない。

「ずいぶんかかるんだな。もう少し早く走れないのか？」

「ええ、そんなの無理ですわぁ。うちの馬を、そんなにいじめないでくださいませぇ」

「………………」

落ち着け。クラウス・シュトランツ。ここで怒っては、すべての努力が無駄になる。

自分に言い聞かせながら、俺は窓の外を眺めて大きなため息をついた。

できることなら、早く帰りたい。あまり遅い時間に着いてしまうと、寮に戻る頃には外が暗くなってしまう。

それに――今日は午後の授業が休みだということを、ユリアーナに伝えていない。

言おうとはしたが、ユリアーナが俺を避けているのがわかって、ついに言わないまま終わってしまった。午後からは休みなのにまた用事があると言うと、ユリアーナの不信感を募らせるような気もした。

しかし今考えると、なにも言わないほうがユリアーナを不安にさせるに決まっている。やることなすことすべてが裏目に出て、我ながら自分が情けない。

……俺は、もしかして焦っているのか？　ユリアーナが、このままコンラートのところへ行ってしまうんじゃないかって。

俺はユリアーナがどこかへ行ってしまうと思うと、とても怖くなる。その恐怖心で、まともな状況判断もできなくなる。そのせいで、すれ違いを生んでしまった。

ユリアーナも、俺が頻繁にマリーと出かけていることには気づいていた。だから、マリーと俺の仲を疑っているのかもしれない。もしかしたら――俺たちが婚約するなんて勘違いまでしていそうだ。

だが、断じてそんなことはありえない。

俺がマリーと親しくなったり、どこかへ出かけていることには理由があった。

マリーの家、ドレーゼ伯爵家は辺境地を中心に、膨大な領地を所有している。そしてその所有している土地のひとつで、エルムでは珍しい、モリオンがたくさんとれるというのだ。

モリオンは、世界で最も魔除け効果があると言われている黒い水晶のことをいう。邪気や不安など、さまざまなマイナスエネルギーから強い加護で守ってくれると言われており、鉱物や宝石が好きだった俺の祖父も、常に外国で手に入れたモリオンを持っていた。

エルムでは、あまりモリオンの知名度がない。というのも、聞いたことはあるが実際に手にしたことがないという人がほとんどだからだ。

ちょうどこの前、父親から、親族の伯爵家が外国から恋愛に効果のある石を仕入れて、それをパワーストーンとして売りに出してみると、爆発的に売れたという話を聞いていた。そう、エルムでは、ちょっとしたパワーストーンブームがきているのだ。しかも、貴族たちのあいだで。

マリーにモリオンについて詳しく話を聞くと、アトリアではクオリティが高い魔法具が安価で買えるため、お守り的な効果しかないパワーストーンはそこまで人気がないらしい。さらにモリオン自体の色は真っ黒でアクセサリーなどにするには映えないため、使い道に困っていると言っていた。特に契約をしている輸出先もないらしい。

――モリオンをシュトランツ公爵家が独占的に輸入してもいいという権利をもらえたら、俺はシュトランツ公爵家のさらなる発展に貢献できるのではなかろうか。

そして、ひとりで留学中にそんな商談を決めることに成功したら、両親はきっと……俺が婚約者を決めなかったことに、目をつぶるはず。

コンラートが言っていたことは誤魔化しようのない事実であり、しかし、婚約者探しに俺が同意したわけではないというのも、また事実だった。

両親はユリアーナと婚約破棄をしたあとも、一向に新たに婚約者を作ろうとしない俺に、しびれを切らしていた。

俺は『ユリアーナ以上の人はいない』と言い続けていたのだが、両親は『エーデル家以上の、シュトランツに見合う貴族令嬢がいない』というように、俺の言葉を捉えていたらしい。そして、アトリアへの短期留学の話を、俺の知らないところで勝手に進めていた。

……アトリアへ発つ当日も、馬車に乗る前散々両親に「いい相手を探してこい」と釘を刺されたのを思い出す。見つけてこなければ、見つけられるまで今度はどこかまたべつの場所へ飛ばされるかもしれない。最悪、両親が決めた相手と政略結婚だ。

今のままでは、ユリアーナと結婚したいという俺の意思を両親は汲んでくれないだろう。だって、今の彼女は貴族令嬢でなく、侍女なのだから。

ユリアーナがエーデル家に戻り、また貴族令嬢に戻ったとしたら——もしかすると、可能性はゼロじゃあない。だが、俺は彼女がそれを望んでいるようには見えなかった。侍女の仕事をしているユリアーナは、以前よりずっと楽しそうで、明るい顔で笑うようになった。

俺は自分の都合で、ユリアーナの将来を潰したくない。だけど、俺は俺で、ユリアーナと結ばれることを諦めるつもりはない。

そのために、俺は両親が許してくれるくらい、シュトランツの跡取りとして実績を残していかなければ。その第一歩が、ドレーゼ伯爵家との商談なのだ。

初めてマリーに商談の話を持ち掛けた日の帰り道のやり取りは、今でも覚えている。

『うふふっ！　クラウス様ったら！　わたくしと家族ぐるみのお付き合いをしたくて、このような商談を練っていたなんて』

マリーが楽しげにそう言った時、俺は彼女の自意識過剰っぷりに驚いたと共に、その自信はどこからくるのかとある意味感心した。

『そんなふうに発想を飛ばせるなんて、マリーは面白い子だな』

そう返した俺のやんわりとした否定は、まったく届いていなかったようだ。なぜなら――。

「クラウス様、この商談が決まれば、わたくしドレーゼ家とシュトランツ家は、家族ぐるみの長いお付き合いになりますわねっ」

今でもマリーは、同じようなことを口にしている。やたら家族ぐるみと連呼するのは、なにを思ってのことなのか。大体予想はついているが。

「そうだな。うまく商談がまとまったらいいんだが……」

「クラウス様なら大丈夫ですわ。でも、うちのお父様はわたくしをとーっても大事にしていますの。わたくしが悲しむようなことがあれば、商談はパーになることを忘れないでくださいね」

その話は、耳にタコができそうなほど聞かされている。

だからこそ、ドレーゼ伯爵の機嫌を損ねないために、娘のマリーとも仲良くしてきた。放課後にモリオンがとれる土地へ行くと言われ、結局ただマリーの愚痴を聞かされて終わったことだって何度もある。マリーに商談の話を餌にされ、何度振り回されたことか。

しかし、これらもすべて、今日の商談を決めるためにやったこと。

──マリーが俺に、商談以外のなにかを求めてるのはわかっている。だが、それとこれとはべつだ。

俺はユリアーナとの結婚のために頑張ってきた。だから……商談がまとまれば……あとはユリアーナと仲直りして、残りのいちゃいちゃ留学ライフを楽しむことしか眼中にない！

「クラウス様、そんなに真剣な顔をして……嬉しい。きちんとわたくしのことを考えてくれているのですね」

マリーがなにか勘違いしているが、面倒なので放っておこう。マリーが人の頭の中を読めるギフトなんてものをもし持っていたとしたら、俺は終わっていたと思う。

──ガンガンッ！

すると、急に窓になにかがぶつかる音がした。ぶつかるというより……何度も叩いている？

「きゃあっ！　なんですの！　まさか、森の獣が追いかけてきたんじゃあ……」

「この森には獣が出るのか？」

「知りませんけどっ！　怖いですわぁ～っ！」

マリーの屋敷へ向かうため、馬車は町を抜けて森の中を走っていた。獣が出たのだとしたら、もっと大きな衝撃があってもおかしくないし、馬も普通に走ってはいられないだろう。

「大きな虫じゃないのか？　衝撃音が、それくらいの音に感じるが……」

「むむむ、虫っ⁉　そちらのほうが嫌ですわ！」

さっきまでわざとらしいぶりっこ声をあげて怯えていたマリーの顔が、さーっと青くなっていった。どうやら、本当に虫が嫌いみたいだ。

――ガンッ！

再度、物凄い勢いで窓になにかがぶつかる音がした。

いい加減煩わしいと思い窓に目をやると、そこにはとんでもない光景が。

「……ティモ⁉」

アトリアに到着した日に訪れた森で会った精霊のティモが、馬車の窓に張り付いていたのだ。

俺は急いで馬車の窓を開けて、ティモを馬車の中へと入れた。

「ううっ、やっと入れた、ついでにやっとクラウスに会えた～っ」

ティモは再会するなり、俺の両手のひらの上で半べそをかいている。

「どうしたんだティモ。どうしてここへ……」

「クラウスに会いたくて、ここまできたの。一応ワタシ、森の木を通じて、移動ができるから……」

精霊なのに、体当たりなんて力技をするのかと思っていたが、話を聞くとティモは森を通じての移動しかできないようだ。馬車の窓をすり抜けるくらい簡単にできそうなのに……。そう言うと、ティモはぷくっと頬を膨らませて「精霊にもいろいろあるのっ！」と、怒りながら手のひらの上で地団駄を踏んでいる。

「クラウス様、この精霊は？」

「ああ、アトリアの国境近くの森で会ったんだ。もうひとり一緒にいたんだが……」

「ティムのことね！……そう！ ティムからの伝言なの！ たいへんよ、クラウス！」

ティムの名前を思い出した途端、ティモが慌て始める。

「ワタシたちはね、最後に言葉のギフトを贈った相手の精神状態が、自分に伝わってくるようになってるの。幸せに導きたいから、不安定な時はアドバイスをしに行ったりするために。それで……なんだかユリアーナの精神状態が、ものすごく不安定みたいで」

「ユリアーナが？」

「ええ。ティムが昼過ぎにユリアーナに会いに行って、落ち着いたと思ったら、すぐに暴走しだしたみたい……。クラウスも昨日は不安定だったけど、今日は落ち着いてた。でも、ユリアーナはずっと感情が大きく揺れ動いているって。しかも、よくないほうに。ねぇクラウス、ユリアーナを助けてあげて！」

ユリアーナに言葉のギフトを授けたのはティムだった。ティムはユリアーナの心の暴走に気づき、ティモを通じて俺にそれを知らせてくれたのか。

ティムの情報によると、ユリアーナは学園にいるらしい。追跡魔法を使って細かい居場所を特定しようとしたが――まさかの展開だ。場所が突き止められない。ユリアーナにつけていた痕は既に消え、効力を失ってしまっている。

「……マリー、今すぐ馬車を引き返してくれ。俺はユリアーナのところに戻る」

「は、はぁっ⁉　なにを言い出すのクラウス様！　お父様とお母様が、楽しみに待っているのに……！」

「悪い。また今度にしてくれ。……今は、ユリアーナの様子を見に行くのが俺にとって最優先なんだ。すまない、寮に戻ってくれ！」

俺は勝手に、御者にそう叫ぶ。

「今度って……。そんな勝手な都合が、許されるとお思いで？　クラウス様、わたくしを少し甘く見すぎじゃありませんの⁉　ユリアーナさんなら大丈夫ですわ！　きっと、彼女には……コンラート様が……」

どんどんマリーの声が小さくなっていく。そして、ついには黙りこくってしまった。

俺は彼女のそんな様子を見て、馬車内で何度目かのため息を漏らす。

「ごめん。マリー。君にも、ドレーゼ伯爵家にも、不躾な行為を働いているのはわかってる。それでも――俺は、ユリアーナがいちばん大事なんだ」

怒りで震えているのか、呆れて声も出ないのか、マリーは俯いたままなにも言わなくなった。

「クラウス、頑張って。クラウスは、ワタシの言葉のギフトをよく理解してくれてる。クラウスなら、きっと幸せになれるって、ワタシは信じてる！」

「ああ。ありがとうティモ。ティムにもお礼と――ユリアーナは俺に任せてって伝えておいて」

「きゃーっ！　クラウスかっこいい！　わかった、伝えておくわ！」

ティモは小さな光の粒を散らして、窓の外に飛び出していった。

御者は俺の言う通りに馬車を引き返し、抜け殻のようにおとなしくなったマリーを乗せたまま、俺はユリアーナのいる学園へと急いだ。

……マリーが寄り道をしたのは、逆に幸運だったかもしれない。本来だったら今頃商談の真っ最中で、そうなると、学園に戻るには早くとも二時間はかかっていたからな。

引き返して一時間経たないくらいのうちに、馬車は学園へと到着した。

すぐさま降りてユリアーナを捜しに行くと、ちょうどコンラートの姿が見えた。

「コンラート！」

「……クラウス⁉」

コンラートの顔色は悪く、どこか切羽詰まっているように見える。

「ユリアーナはどこにいる？」

「それが……たいへんなんだ。ついさっき、ユリアーナが地下迷宮の結界を壊してしまって……！」

「なんだと……？」

学園の敷地内に作られた特別な地下迷宮は、あの特別授業の日以外は、結界が張られていると聞いていた。それも、超強力な結界が。

なぜそれをユリアーナが壊せるのか……。ユリアーナは修復のギフトは持っているが、それは結界を破壊するのには使えない。元の魔力もそこまで高いほうではないというのに。

いいや、今はそんなことを気にしている場合じゃない。とにかく、ユリアーナを見つけるのが最優先だ。

「僕も必死で止めたんだけど、無理だった……誰か人を呼ぼうとしたところで、ちょうどクラウスに……」

「大体の事情はわかった。俺が地下迷宮に行って、ユリアーナを助け出す」

「……大丈夫なのか？　今のユリアーナは正直、なにをしでかすかわからない。危険な状態だ」

「なんでもいい。俺は行く」

コンラートの心配を振り切って、俺は地下迷宮に向かって全力で走った。

迷宮の入り口に辿り着くと、コンラートの言う通り……入り口が結界ごと破壊されていた。

——これを、ユリアーナが？

ほかの誰も手を貸していないのなら、ユリアーナがひとりで破壊したことになる。

なにが起きているのかわからないが、ユリアーナになにか異変が起きているということとは、この状況を見てすぐにわかった。

迷いもなく、俺は地下迷宮の中へと飛び込む。

相変わらず、迷宮内はあまりいい空気がしない。ユリアーナはどうしてこんなところにまた来ようとしたのだろう。

迷宮を駆け回りながら、そんなことを考えていた。

ユリアーナの様子がおかしくなったのは、あの迷宮探索の授業が終わってから——いいや、違う。

思えば、俺がここに迎えにきたあの瞬間から、ユリアーナはどこか様子が変だった。

やけに怯え、俺に助けを求めるように「怖い」と言っていた。

あの時は、右も左もわからない迷路のような場所に、ひとりで取り残された恐怖から、そんなことを言っているのだと思っていた。でも、そうじゃなかった……？

まさかユリアーナは、ここでなにか、恐ろしい目に遭っていたのではないのか。それでも、またここに来なくてはならないってことは……やはり、ユリアーナはなにかを抱えている。

ここへ来る前に、コンラートに聞いておけばよかったか。ユリアーナが、なにを隠しているのか。

「いいや、でも、あいつから聞くのは癪だな」

ティハルトにギフトの話を持ち掛けられた時と、同じ気分になった。

俺はユリアーナのことで、誰かの力を借りたくないなんて、ただの子供じみた我儘かもしれない。

でも、嫌なんだ。俺は、俺だけが、彼女のヒーローでありたい。

ユリアーナに恋をしてから、俺はずっとそう思っている。

すると、少し離れたところで、なにかが崩れる音がした。近づくと、この前のように壁が崩れていた。

そういえば、ここに入った時もいくつか壁や扉が入り口同様に壊されていた。……これも全部ユリアーナがやったのなら、近くに彼女がいるはず。

「……ン！　……るの！」

俺の予想は当たったようで、音がしたほうに行くと、ユリアーナの声が聞こえた。

「ラン！　ランってば！　お願い、出てきて……いるんでしょう!?」

ユリアーナは必死に、誰かの名前を呼んでいる。……ラン？　ここへ来て、一度も聞いたことのない名前だ。男か女か、名前だけだと区別がつかない。またどこかの誰かが俺の許可なしにユリアーナに近づいたのかと思うと、俺まで近くにある壁を破壊しそうになった。

「ユリアーナ！」

一心不乱にランというやつの名前を叫び続けるユリアーナに声をかける。ユリアーナは俺の声に反応し、恐る恐るこちらを振り返った。

「クラウス様……それに……」

ユリアーナの視線が、俺の後ろを向いている。

振り向くと、コンラートとマリーの姿があった。ふたりとも、俺を追いかけてきていたようだ。まったく気づかなかったが。

「もう大丈夫だ。ユリアーナ、なにがあったのか俺に――」

「来ないで！」

ユリアーナのほうに歩み寄ろうとすると、物凄い声量で拒否されてしまった。思わず、俺の足がぴたりと止まる。

「……来ないでください。クラウス様、お願いです」

泣きそうな顔でユリアーナは懇願する。

「どうしたんだ。嫌がるなら今は近づかない。だけど、理由を教えてくれ」

そう言うと、ユリアーナはしばらく黙ったあと、諦めたように口を開いた。

「私……あの日ここで、アトリアの大精霊、ランベルトに会ったんです」

「ランベルト……？」

ユリアーナが呼んでいたランっていうのは、その精霊のことか。

背後から、マリーが驚きの声をあげているのが聞こえた。

ちらりとふたりの様子を窺うと、マリーとは逆にコンラートはやけに冷静だったから、既に知っていたんだろう。

「それで、ランベルトにギフトを授けたいって言われて……」

このランベルトってやつもあの女たらし精霊と同じく、ユリアーナを見初めたのか。

精霊にまでこんなにモテるとは困ったものである。

「でも、ティハルトから既にギフトをもらっていると言ったら、それがランの怒りに触れちゃったみたいで……ランが私のギフトに逆転の呪いを……！」

「逆転の呪い？」

「私はもう、修復のギフトは使えません。この呪いのせいで……私のギフトは、破壊に変えられてしまったんです」

「……破壊の魔力に逆転されたってことか」

こくんと、力なくユリアーナが頷いた。

だから結界も破壊して、中に入ることができたと。あの日壁を壊したのも、事故ではなくユリアーナがやったことだったのか。

「破壊の魔力を、私はうまくコントロールできない。この魔力は私の感情ともリンクしている……そのせいで、私は……必ずクラウス様を傷つける。だから、私に近づかないで！」

「なにを言ってる。俺は一度も、君に傷つけられてなんかいない」

「いいえ。私は知ってるんです。破壊のギフトを持ったユリアーナ（わたし）が、クラウス様を傷つける未来を」

「……ユリアーナ」

俺には、ユリアーナの言っている意味がわからない。

でも、ひとつ確信していることがある。なにがあろうとも、俺は。

「クラウス様、破壊の魔力は危険ですわ！　離れてください！」

拒否されてなお、足を進める俺を見て、マリーが声をあげる。しかし、俺は聞く耳を持たない。

「マリー様の言う通りです。クラウス様、来ないで……！　この手で触れたら、あなたを傷つけてしまいます……！　私はそんなことしたくない」

「……どうして、俺を傷つけると思うんだ」

ユリアーナは、破壊の魔力は感情とリンクすると言っていた。ここまで〝傷つける〟という確証を持っているということは、ユリアーナの心が、俺を傷つけたがっているということになる。

「だって、私はそういう役割だから。その未来を知っているから。それに……私は、私以外の誰かと幸せになるあなたを壊したいと、思ってしまったから」

ユリアーナの瞳から、ぽろぽろと涙がこぼれ落ちた。

俺はその理由を聞いて、思わず目を見開いた。だって、それはつまり――。

「こうなるまで、あなたを好きだと認めることができなかった。私、馬鹿なんです。もうすべて、手遅れですよね」

好きだと、たしかにそう聞こえた。

ユリアーナの口から、俺を好きだと。ずっとまた聞きたいと――今の君から聞きたいと、思っていた言葉を。

「だからクラウス様、私を見捨ててください。あなたとの綺麗な思い出を壊したくない。このままだと……すべてを壊してしまう」

そう言ってまた、綺麗な涙を流すユリアーナを、俺は思い切り抱きしめた。

そしてそのまま、揺れる濡れた瞳を見つめて微笑むと、唇にキスを落とす。

「……君は昨日こう言ったな。この世界では、どうあがいても俺たちは結ばれないと」

びっくりして目を丸くする君が、俺は今も愛おしくてたまらない。

なぁユリアーナ。破壊のギフトを手にした君への、俺の答えを教えてあげようか。

「ここが本当にそんな世界ならば、君の手ですべて壊してくれ。俺は……どんなユリアーナも愛してる」

12　破壊と修復の果てに

——あれ。私……どうしてクラウス様に抱きしめられているんだろう。

目をぱちくりとしているうちに、涙は引っ込んだ。視線の先では、クラウス様が目を細めて微笑んでいる。

「……クラウス様、今、なんて言いました？」

「え？　だから、俺とユリアーナが結ばれない世界なら、いくらでも壊していいよって」

「な、なに言ってるんですか。壊していいはず……クラウス様も、私といたらどうなるか……」

「どうもこうもないさ。俺は君といたい。ユリアーナが俺をいくら傷つけようがどうだっていい。そんな理由で一緒にいられないなら、むしろ傷つけてくれ」

クラウス様の言葉を聞いて、錯乱していた頭が急に冷静になってくる。

だって、おかしなことになってるんだもの。

小説ではリーゼとクラウス様を破壊の魔力で傷つけ、その罪で断罪。クラウス様からは恐れられ恨まれ、散々だった。今回もリーゼこそいないが、リーゼの役がマリー様に代わっただけで、同じ展開を迎えるのかと……それを阻止するために、ひとりで地下迷宮の結界を壊してまで、ここまで来たっていうのに。

目の前にいるクラウス様は、私のギフトが変わったことなんてたいして気にも留めず、むしろ壊せとまで言ってくる。

「愛してるよ。ユリアーナ」

ついでに――私を〝愛している〟とも。

ということは、マリー様との婚約は私の早とちり？　クラウス様は私のことを、変わらずずっと……ううん、前よりもっと、大事に想ってくれていた……？

なにより、この世界のクラウス様は、破壊のギフトを持った私を受け入れてくれた。

これが、私の未来を変えるいちばん大きな変化だったと言える。シナリオでは、破壊のギフト以外でユリアーナがクラウス様を手にかけようとしたことはなかった。

そしてクラウス様は、ユリアーナの破壊のギフトを、決して受け入れようとはしなかった。

つまり、破壊のギフトを受け入れてもらえたということは――バッドエンドに向かう最大のフラグを、クラウス様自身がへし折ってくれたということになる。

「……そ、そんなルートが存在するなんて、聞いてないぃ」

絶望から安堵への高低差が凄すぎて、思わずそんなことを口にしてしまう。

「？　ルート？　そうか。ユリアーナは俺と結ばれるルートをようやく見つけられたんだな」

クラウス様は私に話を合わせて返事をしてくれたのだろうけど、言っていることはその通りだった。私は……悪役令嬢ユリアーナはやっと、幸せになるルートを見つけられたのだ。

「ありえない……！　絶対に、うまくなどいくものか！」

「……誰だ？　この声？」

私たちがいる場所に、ランの声が響いた。怒りを含んだ声色に身体がびくりと反応するも、クラウス様は鬱陶しそうに声の主を探している。

「最初はよくても、こんな危険な能力を持った女、いずれ嫌になるに決まっている！」

すると、私たちの前にランが姿を現した。初めて会った時の紳士モードのランでなく、お怒りモードのままである。

「お前が精霊、ランベルトか」

「そうだ。私がアトリアの大精霊。……貴様も留学生か？　先に言っておくが、貴様のところの精霊と私を一緒にしないでくれたまえ」

「……？　ティハ――」

「だだだめ！　クラウス様！」

ティハルトの名前を言いかけたクラウス様の口を、私が慌てて塞ぐ。

「ランにとって、ティハルトって名前は禁句なんです！　どうやらふたりは仲が悪いみたいで……私はそれで、逆転の呪いをかけられたんですから」

小声で説明して手を離すと、クラウス様は納得したように「なるほど」と呟く。

「ランベルト、俺はお前とわかり合えそうだ」

「……なにを言っている？　どういう理屈で、そんなことを思うのだ。私は破壊の魔力を持ったこいつを愛せる変わり者とは、わかり合えると思わん」

「いいや、だって俺たちには、共通しているところがあるからな」

クラウス様、いったいなにを言う気だろう。これ以上怒らせて、解呪の機会を失ってしまうことだけは避けたいのだけれど。でも、自信満々な表情のクラウス様を見ていると、変にこの流れを止めてしまうほうがよくない気がする。

「共通……？　私と貴様に？」

「だって俺も――エルムに棲みつくあの大精霊のことが大嫌いだからな」

「なっ……！」

ランは雷が落ちたような、強い衝撃を受けた顔をして固まった。そんなに驚くことなのかと、ツッコミを入れそうになる。

「貴様もあのスケコマシが嫌いなのか⁉」

「ああ。俺もあの女たらしが死ぬほど嫌いだ」

言い方が違えど、意味は同じである。……ティハルトの名前を出さないでも、こういうふうに認識し合う術があったのね。

「そうかそうか。エルムにも、まともな考えをしたやつがいたのだな。……いつも皆、あいつの味方ばかりする。こうやってあいつの悪口を誰かと言える日がくるとは感慨深いものだ……！」

ティハルトという共通の敵を見つけられて、ランの機嫌は一気によくなった。クラウス様とティハルトの悪口を言えた喜びを噛みしめている。

「ランはどうして、そんなにあの女たらしが嫌いなんだ？」

私もずっと気になっていたことを、クラウス様がこの流れでさらりと口にした。

「……あいつ、顔がいいっていうだけで、幾人もの女精霊や女性をたぶらかしてきた。私が気に入った女性は全員……あいつの毒牙に……！　挙句の果てに、それを責めたらあの女たらしは誠実な私に対して〝腰抜け〟と言ったのだ……！」

つまり――ランが好きになった人は全員、ティハルトに奪われてしまったってことか。

「そうか。それは腹が立つな」

クラウス様の適当に見える相槌にも、ランは自分の気持ちを理解してくれたと、ものすごく喜んでいる。

「こんなに気分がいいのは何十年ぶりだろうか。決めた。これもなにかの縁だ。たしかクラウスと呼ばれていたな。よければ貴様にギフトを――」

「いらない」

ランが言い切る前に、クラウス様が即答する。

ギフトのチャンスが二回もあって、両方とも自ら辞退した人なんて、この世でクラウス様くらいじゃあないだろうか。

「なぜだ。貴様は私と仲良くなれると言ったじゃないか！　そのしるしに……」

「だって、お前は俺のいちばん大事なユリアーナを悲しませるようなことをした。お前が逆転の呪いなんかかけたせいで、彼女は泣くことになったんだ。俺はあの女たらしの精霊が大嫌いだけど、お前も同じくらい嫌いだ。女たらしが嫌いって部分では、わかり合えるけどな」

「な、なな……」

急な裏切りに、ランも呆気に取られている。怒りが増幅しているというよりかは、ランがクラウス様に押されている感じだ。

「ついでに言うと、あいつは女たらしだけど泣かせるようなことはしない。女泣かせのお前のほうが、あいつより質が悪いんじゃないか？」

「やめろ！　言うな！」

「どうせあいつのことが嫌いなのも、ユリアーナに変な魔法をかけたのも、逆恨みかなんかだろう。その点、あの女たらしはほかの精霊なんて興味なさそうだし、自分の信念を貫いている。ほかの精霊を気にして、名前を聞いただけで激怒して、本来ギフトを授けてもいいと思った相手を傷つける。お前は大精霊として、まだまだ未熟――」

「クラウス様、これ以上はやめてあげてください！　ランがかわいそうです」

クラウス様の一言一言に大ダメージを受けているランを見ていると、いたたまれなくなり、気づけばランを庇っていた。

「かわいそうもなにもない。どうせこいつは解呪する気なんてないんだから、壊れるまで打ち負かしてやればいいんだ。俺はユリアーナを傷つけたやつを許さない」

なぜかクラウス様が自発的に破壊の力を発揮している。

「……大丈夫？　ラン」

ランを慰めるために、そっと肩に手を置こうとして――やめておいた。というのも、私は破壊のギフトを持っているから、安易に自らなにかに触れるのが怖い。その代わりに、持っていたハンカチを差し出す。

「……ユリアーナ。なぜ俺なんかに優しくするんだ」

「なぜって……うーん。ランが悲しそうな顔してたから」

「きつい顔に似合わずお人好しなんだな。いつか足元をすくわれるぞ」

「顔に似合わずはよけいなお世話。それに、もうすくわれたあとでしょう。しかもあなたに」

「……ふっ、たしかにな」

私たちは、自然と顔を見合わせて笑い合っていた。最初に出会った頃のような穏やかな空気が、ランとのあいだに流れる。

「おい、なんでいい雰囲気になってるんだ。ユリアーナ、今すぐこの空間を壊してしまえ！」

そんな私たちを見て、クラウス様が不機嫌そうに眉をひそめた。気持ちが落ち着いたからか、そう言われても破壊の魔力が溢れ出る気配がない。

「ユリアーナ、悪かった」

「……え？」

「あの時は、頭に血が上っていて……いや、なにを言っても言い訳にしかならないな。ユリアーナを使って、あのスケコマシを困らせたかったんだ。だが、必死に私を捜すユリアーナの声を聞くたびに……私は……」

それ以上は言わなかったが、私はランの言いたいことがなんとなくわかった。

きっと、ランも内心、ずっと罪悪感が残っていたのだと思う。

逆転の呪いのせいでつらい思いをたくさんしたけど、私はもう大丈夫。クラウス様が受け入れてくれたから、私も破壊魔法と一生付き合っていく覚悟を決められた。

「ランの気持ちはじゅうぶん伝わったわ」

「……そうか。しかし、言葉足らずだった自覚はある。だから、行動で示させてほしい」

「行動？」

「ああ。……解呪させてくれ」

「！　いいの⁉」

私が聞くと、ランは深く頷いた。

そして、逆転の呪いをかけた時のように、私の身体に右手を伸ばす。今度は手のひらから金色の光が溢れ出し、私の体内に流れ込んでくる。

「終わったぞ」

光が消えると同時に、ランが言った。

「これでまた、ユリアーナのギフトは修復に戻った。試しにそこの壁に向かって魔力を発動させてみるんだ」

言われるがままに、ランが指定した壁に手をかざし魔力を発動すると――壁はあっという間に、元の姿に修復された。

「……戻った！」

完全に戻ったことが証明され、私は歓喜の声をあげた。

「ありがとう！　ラン！」

「お礼を言われるようなことはしていない。でも、そうだな……来世でまた、ユリアーナに出会えたならば……今度は私にギフトを授けさせてほしい」

「……うん。じゃあ、来世まで待っててくれる？」

「！　もちろんだ」

私の返事を聞いて、ランは子供のような無邪気な笑顔を見せてくれた。

「では、私は消えることにする」

「え、そんな突然に⁉」

「さっきからそこで、今にもすべてを破壊しそうなオーラを放っている男がいるからな。それじゃあなユリアーナ！　さらばだ！」

逃げるように、ランは姿を消した。

そして振り返った先には――顔は笑っているけど、目があきらかに死んでいるクラウス様がいた。

「俺の前で来世の約束をするとはいい度胸だな。来世でもユリアーナのそばには、俺がいるというのに」

そうだろ？と同意を求められるが、来世がどうなるかなんて私には未知の話である。でも、頷かないと怒られる気がして、とりあえず軽く首を縦に振った。

「……それじゃあ、早く帰って続きをしようか」

「続き？」

なんのことだろう？　私は首を傾げる。

「だって、俺たちはついにめでたく両想いになったじゃないか。それとも……さっきのキス、忘れていたなんて言わないよな？」

「……っ！」

そうだ。私、クラウス様と……！

正直、あまりに予想外のキスだったからか、びっくりしている間に終わってしまっていて、そこまでちゃんと覚えていない。でも、キスをしたという事実は残っている。

それだけじゃない。ついに私は――クラウス様に〝好き〟って……。

冷静になって思い出すと、恥ずかしくて顔から火を噴きそう！　どうして以前のユリアーナは、あんなにクラウス様に迫るのが得意だったの！　私なんて、そのたった二文字を言うだけでもすっごく時間がかかったのに。

「なに勝手に盛り上がってるの……笑っちゃう。次期公爵のクラウス様が、侍女と結ばれるなんて無理に決まってるじゃない！」

私がひとりで頬に両手を当てて恥ずかしがっていると、緩んだ空気に喝を入れるように、マリー様がぴしゃりと言い放つ。……いけない。コンラート様とマリー様もこの場にいたってことが、すっかり頭から抜けていた。

「黙って見ていたらなんなのよ！　本当だったら今頃、クラウス様はわたくしの屋敷に来て、わたくしの両親に紹介して……もっと深い関係になるはずだった！　クラウス様、わたくしを騙したの⁉」

「……騙したもなにも、俺は〝ドレーゼ伯爵家と商談をしたい〟としか、ずっと言ってこなかったはずだが？」

……商談？　つまり、最近ずっとマリー様と一緒にいたのは、婚約でなく商談のために？

「そんな！　でも、わたくしの気持ちには気づいていたじゃない！　商談だけが目的だったのなら……わたくしはいったい、なにに期待をしていたの。馬鹿みたい」

マリー様はワンピースの裾をぎゅっと掴んで自嘲する。クラウス様はその姿を、ただ無言で見つめていた。

「どうせ頭の切れるクラウス様のことですもの。そこまでユリアーナさんに想いがありながら、わたくしの望むがままに一緒の時間を過ごしていたってことは、商談を決めなきゃいけない理由があったんじゃなくって？」

「……ああ。その通りだ。俺はこの留学期間中に、両親からアトリアで婚約者を見つけるよう言われていた。でも、俺はユリアーナ以外と結婚する気はない。だが手ぶらで帰るわけにもいかなかった」

「へぇ～。それでドレーゼ伯爵家との商談を決めて、持ち帰りたかったと。そうですわね。うまくいけば、とても大きな儲けが出ますものね。婚約者を見つけられずとも、許されると思いますわ」

クラウス様のとっていた行動で気になっていた箇所が、すべて解明されていく。クラウス様自身は婚約者を探すことに積極的ではなかったことがわかり、私は内心ほっとした。

「でもまぁ、よく本音を言えますわね。わたくしからしたら、いいように利用されたとしか思えません」

「だろうな。実際その通りだ。申し訳ないと思ってる。でも、言い訳する気はない。それにこの商談は、ドレーゼ伯爵家にもきちんと利益があるものだと俺は思っている。たしかに商談を決めたい理由は俺の自分勝手なもので、マリーから非難されることは当たり前だと思う。だが……話しているうちに楽しくなって、このビジネスをマリーと一緒に成功させたいと、心から思っていたのも事実だ。……君の俺に対しての態度は正直苦手だったが、商談の意見交換をしている時のマリーの着眼点には驚かされたし、ビジネスパートナーとしてはこの上なく心強い相手だと思ってた」

マリー様と話しているクラウス様の顔は、次第にとても明るくなっていった。私の目から見ても、楽しんでいるように思えた。それは、クラウス様がドレーゼ伯爵家との商談に、本気で取り組んでいたからこそだと思う。嫌々一緒に仕事をするとなっていたら……たぶん、クラウス様はもっと表情に出してしまうような。それでも、隠すのがうまいほうではあるけれど。

「そんなの信じられませんわぁ。わかっていると思いますけど、うちとの商談は白紙……ということで。当日に商談をすっぽかしたのですから、当然の報いかと。それもこれも、ぜーんぶクラウス様が、将来有望なわたくしより、侍女なんかを選んだせいですわ」

なんとなく、話の流れ的にこうなる予感は私もしていた。クラウス様も、私を助けに来た時点でこうなる覚悟はできていたと言っている。

すると、ここまでずっと黙って私たちを見守っていたコンラート様が、急に一歩前に出た。

「クラウス。俺が父上に、シュトランツ家と我が国でなにかできないか、かけあってあげるよ」

そして、久しぶりに口を開くなり、とんでもないことを言い始めた。この場にいるコンラート様以外の、私を含む三人とも、口をあんぐり開けて同じ表情を浮かべている。

「なっ……⁉　コンラート様、なぜそのようなことを⁉」

「マリーの言う通りだ！　大体、お前は俺のいないところでユリアーナにアトリアに残るよう説得していたじゃないか！　今さら俺が有利になるようなことをするなんておかしいだろう！」

つい数秒前まで言い合いを繰り広げていたふたりが、今度は同じ陣営となってコンラート様に詰め寄った。なんだか妙な光景だ。

「説得はした。本気でユリアーナに、僕の専属侍女になってほしいと思ってた。僕は、ユリアーナのことが好きだったから」

「……えっ？」

好き⁉　コンラート様が私を⁉

エディの時も思ったけれど、みんなどこのタイミングで私なんかを好きになるの？　しかも、全然気づかなかった。ただ、本を直したお礼に優しくしてくれているのだとばかり……。

「でも、クラウスに勝てる気がしないや。ここへ来て思い知ったよ」

「ここへ来るまで思い知っていなかったことに、むしろ驚きだ」

間髪入れずにクラウス様が言い返すと、コンラート様は「まぁまぁ、僕の話を聞いてよ」と、苦笑を浮かべてクラウス様を宥めた。

「僕はユリアーナのギフトが破壊に変えられたことを、彼女から相談されていたんだ。その時、僕は真っ先に修復に戻す方法を考えた。破壊なんて危険な魔力は、持っていてはならないと。……でもクラウスは、少しの揺らぎもなくどんなユリアーナも愛してると言っていた。あの瞬間思ったよ。ああ、絶対勝てないって」

普通に考えると、コンラート様の考えはなにも間違っていない。ほとんどの人が、修復に戻すことを真っ先に考えると思う。だから私も、クラウス様に破壊の魔力を受け入れられた時は──なにが起こったのか、まったく理解できなかったもの。

「僕はユリアーナの一途さに惹かれたけど、クラウスの一途さにも惚れ込んだよ！　これまでは婚約者探しをしているクラウスを不誠実だと思っていたけど、それも事情があったんだとわかった今、もう君たちの邪魔をしようとは思わない。だから、僕でよければクラウスに協力させて。それがユリアーナの幸せにも繋がるんなら、喜んでさせてもらうからさ」

「……コンラート」

コンラート様はクラウス様にそう言ったあと、私のほうを見て小さく微笑んだ。

「……どうして？　どうしてみんな、そんなにユリアーナの味方をするの？」

しかし、マリー様だけは、まだ少しも納得していないようだ。震えた声で呼ぶ私の名前は、もう人前で〝さん〟を付けることすら忘れている。

「クラウス様、今ならまだ、わたくしも考え直してあげるわ。商談の話だって、もう一度かけあってみる。今からコンラート様となにかしようったって、時間がないし許可が下りるかわからないじゃない。クラウス様が、わたくしとの婚約を考えてくれるっていうなら――」

どうしてもクラウス様と婚約したいのか、マリー様はまた意見を変えて粘り始めた。このままだと、コンラート様の協力によって話がまとまってしまうと思ったのだろうか。

「マリー、いい加減にしろ。……君の気持ちなんて、とっくに気づいていた。君が俺に、本気じゃないってことくらい」

「な、なにを……わたくしは、あなたのことを」

「いいや違う。……君もいい加減、素直になったほうがいいんじゃないか？　見るべき相手は俺じゃなくて、隣にいるだろう」

呆れたようにクラウス様は言う。

そしてマリー様の隣にいるのは――コンラート様だ。

「ち、違う、わたくしは……っ！」

怒りで赤くなっていたはずのマリー様の顔が、今度はべつの意味で赤くなっている。胸の前で両手を振りながら懸命にクラウス様の言葉を否定するマリー様は……傍から見ても、図星を指されて焦っているようにしか見えない。

──マリー様って、コンラート様が本命だったんだ。それならば、どうしてクラウス様に。

「顔が真っ赤だぞ。俺と一緒にいる時は余裕があるのに、コンラートのことになるとすぐ顔に出る。それで俺が好きだなんて冗談はよせ。どうせコンラートに振り向いてもらえないから、気を引くために俺にアタックしたんだろう。俺を使ってコンラートを見返したかった。違うか？」

「ちちちち、違いますわ！」

「図星だな」

マリー様のあまりの動揺っぷりを見て、私もクラウス様の言葉に頷く。

マリー様の大胆なクラウス様へのアピールは、元婚約者で専属侍女の私に対するけん制とばかり思っていたが……本当に見せつけたかった相手は、私でなくコンラート様だったってことか。

「……マリー、そうなの？」

「えっ？　えっと、その、ちが――いや、違うわけじゃあ……」

本人に聞かれ、マリー様も否定しきれていない。もはや、今のが答えなのでは。

「たしかにクラウスが来てから、マリーがそっけなくなった気はしてたけど、ただ単に、僕よりクラウスのほうがいいのかと。クラウスはかっこいいし……」

「いいえ！　コンラート様がいちばん素敵ですわ！　……あっ」

しまった、というように、マリー様が手で自分の口を塞ぐ。

「ほらな。マリーは俺に利用されたって言ってたけど、俺だって利用されてたんだ。お互い様と思わないか？」

「だ、だって！　ほかの人に行けばコンラート様が寂しがってくれるかなと思ったら、よりによってユリアーナのことを気にしちゃって、だから、わたくし……」

もう気持ちを隠さなくなったマリー様は、今にも泣き出しそうな顔でそう言った。

「あとに引けなくなって、俺を好きだと言い続けるしかなかったんだな」

言い続けるだけじゃなくて、マリー様は自分自身を騙そうとしていた気がする。クラウス様を好きだって思い込むことで、コンラート様を想い続けるつらさから逃げていた。

私も同じことをしたからわかる。コンラート様と一緒にいると居心地がいいのは――彼のことを、恋愛対象として意識していなかったから。でもクラウス様といると、感情が動かされすぎてどうしたらいいかわからない。そのもどかしさが恋だと気づくには、当時の私にはまだ経験が足りなかった。

マリー様もクラウス様といると、気持ちがラクだったんじゃあないかしら。その心地よさを恋だと、本当に勘違いした場面もあったのでは……と、密かに思ったりする。

「マリー、さっきのは本当？」

「えっ？」

半泣きになっているマリー様に、コンラート様が優しく笑いかける。

「僕がいちばん素敵だって。……本当なら、僕はすごく嬉しいんだけど」

照れくさそうに頬を掻くコンラート様を見て、マリー様の両目から我慢していた涙が溢れ出す。コンラート様は以前、こんなことを言っていた。

『つい最近まで僕を好きだと言っていた人が、次の日にはべつの人を好きになってる』と。

――もしかしたらコンラート様も、マリー様が自分に好意を向けてくれなくなったことに、心のどこかで寂しさを感じていたのかも。

「……本当ですわ。ごめんなさい。コンラート様っ。わたくし、自分の気持ちに嘘を……っ！　うわぁぁあん！」

マリー様は、ついに声をあげて泣き出す。

「おっと。……あはは。困ったな」

マリー様はコンラート様に飛びついて、胸に顔を埋めて泣き続けた。そんなマリー様の髪を困った顔で撫でるコンラート様。その図は、まるで小さな子供をあやすお父さんのようだった。

マリー様が泣き止んで落ち着きを取り戻してから、私たちは出口へ向かった。

「コンラート。さっきの話だが」

道中で、クラウス様がコンラート様に声をかける。私は一歩後ろに下がって、こっそりとふたりの会話に聞き耳を立てることにした。

「ああ。どうしようか。とりあえず、帰ったらさっそく父上に――」

「いや。いい。……物凄くありがたい申し出だったけど、自分でなんとかする」

驚くことに、クラウス様はコンラート様からの援助を断った。

「でも今のままだと、両親を納得させられないんじゃあ……」

「わかってる。だが、そのくらい自分でできないと、ユリアーナの夫になる資格なんてない」

ふたりの前でしっかりとそう言ってくれて、私はドキッとする。そしてクラウス様のそんなところを、私はとてもかっこいいと思った。

「それと、俺はお前に助けられるのは嫌だ」

「はは。クラウスらしいなぁ。そう言うと思ったよ。でも、マリーに助けられるのはいいんだ？」

「あれは俺が自分で考えて持ち掛けた商談だ。つまり、俺の実力で――」

ちょっとした喧嘩をしていたふたりが、知らぬ間に仲良く言い合いをしている光景を見て、私はひとりでくすりと笑う。やっぱり、このふたりはいいコンビだ。

「……はぁ。わたくしって、なんて愚かなのかしら」

隣でぽつりと、マリー様が呟いた。

「振り向いてもらいたくてあんなことをしたのに……コンラート様は一途なあなたに惹かれるなんて。わたくしのしていたことぜーんぶ無意味。……あんな醜態まで晒して、大恥をかいちゃったわ」

マリー様はそう言うけど、私は声をあげて泣くマリー様が、とても人間らしくて愛らしいと思った。かわいこぶった泣き真似をしている時より、ずっとかわいく見えた。

「ま、あなたにはわたくしの気持ちなんてわからないわよねぇ。自分を好いていない相手を、想い続けるつらさなんて――」

「わかりますよ」

被せるように、自然とそう言っていた。

あれ。私、なにを言ってるんだろう。でも、勝手に口が動いて、声を発する。

「だって、私も同じ経験をしましたから」

ああそうか。これは、記憶が戻る前のユリアーナの言葉が、自然と溢れ出しているんだ。

「……そうなの？」

目を見開くマリー様に、私は頷きを返す。

「ええ。つまり――私とマリー様は、同じです」

私たちは報われない恋をする、悪役令嬢同士だ。でもそれは、もう過去の話。

「マリー様も素直になれば、きっと未来は変わります」

「……今からでも、間に合う？」

「もちろん！　変わろうと思った瞬間から、もう変わっているんですから」

私が笑いかけると、マリー様は気まずそうに視線をずらし、なにか言いたげに口をもごもご動かしている。そして決意が固まったのか、ようやく話し始めた。

「あの――悪かったわ。ここに置き去りなんかにして」

まさかマリー様に謝られるとは思っておらず、開いた口が塞がらない。そんな私の様子を見て、マリー様はむすっとしながらも、どこかすっきりとした顔をしていた。

「やっと入り口まで戻ったか。騒ぎになってないといいが……」

クラウス様と同じ心配を抱えながら、私たちは四人で地下迷宮から外へ出た。

幸い、誰かが駆けつけてきた様子はない。午後の授業が休みだったことが、功を奏したようだ。

「よし。じゃあ……最後に一仕事しないと」

私は壊れた地下迷宮の入り口に向かって手をかざし、取り戻したてほやほやの修復魔法を発動する。

壊れた場所は綺麗に元通り。それだけでなく、結界までも完璧に修復した。

「……破壊の魔力の暴走でたくさん壊してしまったけど、こうやって自分で直せるから、問題ないですね」

そう言って、私は三人のほうを振り返り苦笑した。

コンラート様とマリー様と別れて、私はクラウス様と部屋に戻った。

帰りが遅かったことをクラーラに心配されたが、マリー様も一緒に口裏を合わせてくれた。地下迷宮を勢いで破壊して、さらには修復したなんて――クラーラからすると、規模の大きすぎる話だろう。

「さてと……クラウス様、晩餐はどうなさいますか？　今からなら、まだ用意できるかと」

私のせいで、帰りが遅くなってしまった。

ランチからは結構時間が経っているし、早めに用意しないと……と、すっかり侍女モードになった私だったのだが。

「……いらない。そんなことより、もう一回聞かせてくれ」

背後からクラウス様に抱きしめられて、一気にただの女に引き戻されてしまう。

好きだと自覚したせいなのか、クラウス様のぬくもりに包まれて、心があっという間に満ち足りていく。

「聞かせてって……なにをですか？」

「俺のこと好きだって。ほら、早く」

「えっ、えっと……それは」

改めて言うとなると、何度も言うけど恥ずかしい。さっきの告白は、真面目に伝えたのはもちろんだけど、半ばやけくそのようなものでもあった。

クラウス様にもそれが伝わっていたから、こうやって言いなおしを希望されてるんだろうけど——。

じっと期待を込めた眼差しで見つめられて、私もクラウス様のお願いに応えてあげたいと思い、勇気を出して声を絞り出す。

「……好きです。クラウス様」

言った。今度こそ、ちゃんと瞳を見て。

ああ！　死ぬほど恥ずかしい。言ったあと、私は熱くなった顔を見られないために、すぐに顔を逸らした。

どうせクラウス様は余裕ぶって、こんなことで恥じらう私を子供扱いするんだわ——と、思っていたのに。

いつまで経ってもなんの反応も返ってこない。無反応って、逆に不安になってしまう。恐る恐るクラウス様を見ると、クラウス様はかつてないほど、幸せそうな笑顔で私を見つめていた。その顔を見て、私の胸がきゅうっと締めつけられる。切なさと愛しさが混じった、不思議な胸の高鳴りは、たしかに私がこの人を愛しいと感じていることを教えてくれた。

「ずっと待ってた。君がまた、俺にそう言ってくれるのを……待って待って、待ちくたびれるところだった」

「……ごめんなさい。あと、お待たせしました」

好きだなんて、もう二度と、あなたに言うことはないと思っていた。あなたが私を好きだなんて、この世界で一度も言われることがないと思っていた。

だけど私たちはこうやって、愛を伝え合っている。

クラウス様は私を軽々とお姫様抱っこすると、そのままそっとベッドに寝かされる。

これまでの私なら飛び起きて逃げようとしていたけれど、もう、そんなことをする必要はない。

私はクラウス様の愛を、素直に受け入れる準備ができているから。

ギシ……とベッドが軋む音がした。同時に、クラウス様が私に覆いかぶさってくる。

そして私の髪をそっと耳にかけると、耳から頬へとキスを落としてきた。

「ユリアーナ、好きだ。大好きだ」

私が勇気を振り絞ってやっと言える囁きを、彼は惜しみなく与えてくれる。言われるたびに、私もクラウス様への好きという気持ちが溢れて仕方がない。

……そっか。これが両想いってことなんだ。好きって言われると幸せで、言われるたびに好きになって、私もそれを伝えたくなる。ずっと幸せのループが続いているような、ふわふわした気持ち。

「私も好き。クラウス様が大好き」

そっと手を伸ばし、彼の頬に触れてみる。

クラウス様は私の手に自分の手を重ねると、愛おしげに目を細めた。

「……まだ足りない。もっとだ。ありったけの好きを、俺に聞かせてくれ」

「好き、好きです。……もう、クラウス様ったら、欲張りなんですから」

「いいじゃないか。やっと聞けたんだからさ」

こんなに優しく微笑みかけてくれるその瞳の中に、私だけが映っているなんて。こんな贅沢な世界があっていいのだろうか。

——ずっと、なにを考えているのかわからないこの金色の瞳が苦手だった。

初めて記憶を取り戻した時は、あんなに冷たい視線を浴びせられていたのに。今のクラウス様の瞳は熱がこもりすぎて、むしろ火傷(やけど)してしまいそうなほどだ。

クラウス様は私の手に長い指を絡ませて、もう片方の手も同じようにすると、両手を私の顔の横に置いた。そして、そのままゆっくりと唇を重ねてくる。

自然と目が閉じて、私はキスを受け入れた。離れたかと思うと、またすぐにキスが降ってくる。時には長めに唇を塞がれて、呼吸が苦しくなることもあった。でも、それ以上に幸せで、私はしばらく、クラウス様との甘いキスに酔いしれる。キスだけでなく、ぎゅうっと手を握る力が強くなるたびに、愛されていると全身で感じることができた。

すると、クラウス様の唇が、口の端、下唇、顎……と、どんどん下がっていく。そして首筋に辿り着いたあたりで、つい最近も覚えのあるちくっとした痛みがした。

「ク、クラウス様！　まさか……」

「え？　あ、ごめん。いつものくせでつい。でも追跡魔法も効果を失っていたし、ちょうどいいか」

「くせって！　首筋にはつけないでって言ったじゃないですか！」

ちょうどいいところに立てかけてある鏡を見れば、案の定、首筋に真っ赤なキスマークがつけられていた。

「なぜだ？　もう恋人同士なんだから問題ないだろう。こうしたら悪い虫も寄ってこないし、一石二鳥だ」

「……まさか、最初からそれが目的で？」

「ははは。そんなわけないだろう」

この棒読み感。絶対にわざとだ。

「さあ、続きだ。今日は夜が明けるまで、君を愛さなくちゃいけない」

僅かに起こした上半身を、またもやベッドに寝かされる。

「あの、クラウス様。先に言っておきますけど……今日はキスまでですよ？」

くぎを刺しておかないと、どこまで襲ってくるかわからない。自分で言って恥ずかしいが、私はまだ恋愛に関しても未熟者だ。先に進むには、まだ早すぎる。正直、キスだけでも心臓が破裂しそうなほど緊張しているのに。

「……わかった。その代わり」

クラウス様は若干不満そうな顔を浮かべたが、すぐににやりと口角を上げて笑ってこう言った。

「今日は俺がいいって言うまで、ずっとユリアーナに愛を囁いてもらおうかな」

そしてその後、私はずっと尋問を受けるかのように、クラウス様のどこが好きなのかを延々と言わされることになった。

甘いのは食べ物だけでなく、言葉もほどほどにしておくべきだということを私は知らされる。

しかし、なにを言っても幸せそうに笑うクラウス様を見ていると、どこか許せてしまう私がそこにはいた。

13　私の幸せ

アトリアへ来て三か月。

私とクラウス様は今日、楽しかった留学生活に別れを告げる。

――私がギフトを取り戻してから今日までは、本当にあっという間だった。結局、私が地下迷宮を破壊したことは誰にも見つからずに済んだ。今でもなんのお咎めもないってことは、コンラート様とマリー様も、他言していないのだろう。

「本当に行ってしまうのねユリアーナ。寂しくてたまらないわ……」

寮を出る際、クラーラが泣きながら私をお見送りしてくれた。

「ユリアーナ、俺は先に馬車のほうに行ってるよ」

「は、はい！　すぐに追いかけます」

「大丈夫。ごゆっくり」

クラウス様は空気を読んでか、ひとりで先に、馬車が停めてある門前へと向かった。

「クラーラ、三か月間ありがとう。ここで侍女として働けて、すっごく楽しかったわ。あなたのおかげよ」

「そんなの、全部私のセリフよ……ユリアーナに会えてよかった」

人差し指で涙を拭って、クラーラは微笑む。

「またつらいことがあったら、いつでも手紙を送って。逃げ出したくなったら、いつでも協力するわ」

「ありがとう。でも、もう少しマリー様の専属侍女として頑張ってみるわ。最近、マリー様の雰囲気が少し変わった気がして……もうちょっと、彼女を見ていたいって思えるようになったの」

「そう。それならよかった」

ずっとマリー様を見てきたクラーラが言うのだから、本当に変わろうとしているんだろう。

「それにね！　最近はマリー様と一緒にいても萎縮することが少なくなって、ミスもしなくなったの。昨日はここへ来て初めてマリー様に褒められたわ。私、それがとても嬉しくって……」

これまでマリー様の話題が出る時はいつもつらそうだったクラーラが、こんなに声を弾ませている。きっとこのふたりはもう大丈夫だ。私が協力する出番なんてなさそう。

それからクラーラと侍女同士の熱い抱擁をかわし、私はクラウス様のあとを追った。

門前に荷物を積んだ馬車が停まっており、コンラート様とマリー様が見送りにきてくれている。

「お待たせしました！」

ふたりと会話をしているクラウス様に声をかけると、三人の視線が同時に私に向いた。

「来たか。ユリアーナ。それじゃあ行こうか」

さっさと私を馬車に乗せようとするクラウス様に、コンラート様が苦笑する。

「ひどいなぁクラウス。ユリアーナに別れの言葉も言わせてくれないなんて」

「マリーはともかく、お前はろくなことを言わなそうだからな」

「そんなことないよ。……ユリアーナ。ありがとう。気が変わって僕の専属侍女になりたくなったら、いつでも頼ってね」

最後まで私の勧誘を諦めないコンラート様に、クラウス様はブチギレ寸前だ。

「気が変わることなんて一生ないんだから諦めろ！」

「あはは。冗談だって。あと、本を修復してくれたこと……本当に感謝してる」

「お役に立ててよかったです。私もコンラート様にはとっても助けられました。ありがとうございます」

一礼して顔を上げると、私とコンラート様は笑い合った。彼とのあいだに流れる穏やかな空気に、私は何度も救われた。恋とは違う感情だったが、私はコンラート様と、いい友人になれたと思う。……侍女が一国の王子と友人だなんて、厚かましいかもしれないけれど。

「クラウス様、ユリアーナ。わたくしとは、これからも付き合いが続きそうですわね。いつかエルムにも遊びにいくわ。もちろんクラウス様の、ビジネスパートナーとして」

マリー様はそう言って、クラウス様に手を差し伸べた。

「ああ。……俺の我儘に付き合ってくれてありがとう。マリー」

「ふふ。お互い様ですわぁ」

クラウス様はそのまま、マリー様と握手を交わす。

一度白紙に戻ったドレーゼ伯爵家との商談は、あのあとマリー様がもう一度商談の場を設けてくれたおかげで、正式にシュトランツ公爵家に持ち帰ることとなった。これにより、婚約者探しを怠ったというクラウス様の懸念はなくなり、目的通り、シュトランツ公爵家へ利益となる大きな話を持ち帰れることに。

最後の最後で、ふたりは本当のいいビジネスパートナーになれたんだと思うと、私まで嬉しくなる。にこやかにその光景を見守っていると、マリー様がずいっと、私にも手を差し伸べてきた。

「あなたとはろくな思い出がないけど……不思議ねぇ。なぜか、会えてよかったと思ってる」

「……私もです。マリー様」

たしかに、思い返せば思い返すほどろくな思い出がない。

でも、マリー様の悪役令嬢っぷりは、私から見ても清々しいほどだった。元悪役令嬢として親近感も湧いたし、これからいい思い出を作れる機会があるとしたら――その時を楽しみにしていよう。

元悪役令嬢同士で握手を交わしたところで、御者から「そろそろ出発を」と声をかけられる。

私とクラウス様が馬車に乗り込むと、名残惜しくも馬は軽快な鳴き声と共に走り始めた。

「また会おう！　ユリアーナ！　クラウス！」

「ユリアーナ、わたくしも、絶対に幸せになってみせますわ～っ！」

はっきりとは聞こえないが、ふたりはなにかを叫びながら、見えなくなるまで手を振ってくれていた。

「……来られてよかったな。アトリア魔法学園」

窓からその姿を眺め、クラウス様がぽつりと呟く。そのなにげない一言が、この留学期間のすべてを物語っている気がした。

来た時はなにもかも新鮮だった景色が、今は懐かしく、名残惜しく感じられる。

街を抜けると、最初に休憩した森へ到着した。ティムとティモにお礼を言いたくて立ち寄りたかったが、ちょうどそのタイミングで雨が降り始める。

足場が悪くなった森は、馬車を走らせるにはあまりコンディションがよくない。そのため、まだ小雨のうちに森をさっさと抜けたいという御者の申し出を受け入れることになった。

……残念だ。でも、ティムがまだ新たな人に言葉のギフトを授けていない限り、私のことは伝わっているはず。せめて心の中でお礼を言おう。そうすれば、近くにいるティムに伝わるかも。

「おい、ユリアーナ、見てくれ」

目を閉じて念じようとした直前、クラウス様に声をかけられる。

そして窓の外を見ると、ティムとティモが並んで仲良く、馬車の周りを飛び回っていた。

「ティム！　ティモ！」

名前を呼んで、雨で濡れることなどお構いなしにすぐさま窓を開け身を乗り出す。

背後から、クラウス様も私の身体を支えるように身を乗り出した。

「ユリアーナ！」

「クラウス！」

ティムは私のところへ、ティモはクラウス様のところへ。それぞれ肩に乗ったり目の前をひらひらと舞ったりしている。

「帰っちゃうんだね。ボクたちふたりでお見送りにきたよ」

「アトリアから出たらもう、ワタシたちの言葉のギフトの効果は切れちゃうんだけど……」

国境を越えると、もうティムとティモが、私とクラウス様の居場所や感情を知ることはできないらしい。

「大丈夫だよ。ふたりとも、幸せそうだし！　ユリアーナは今もず〜っと、心がぽかぽかしてる」

「そうねっ。一時はどうなるかと思ったけど。クラウスは……キラキラ？　ギラギラしているわ」

「ええっ？　ユリアーナ、気をつけてね。男はみんな狼だから」

ティムに心配されなくとも、クラウス様が狼なことは知っている。

「うん。気をつけておく」

でも、これがティムの最後の助言なのかと思うと、ありがたく受け取っておこう。

「ユリアーナ、クラウス！　またいつでもボクたちのアトリアへ！」

「いつまでも幸せになれますように、ワタシたちも願っているわ」

最後にふたりは身体から発するキラキラでハートマークを描くと、そのまま湖と木があるほうへ戻って行った。なんともこっぱずかしい演出を残してくれたけど……悪い気はしないかな。

「ユリアーナ、濡れるから窓を閉めるぞ」

「あ、はい。ごめんなさい――っ！」

身を乗り出すのをやめて、馬車の中に戻った瞬間、クラウス様に腕を引っ張られてキスをされる。

「……気をつけるんじゃなかったのか？」

「～～っ！」

意地悪な顔で笑うクラウス様に私はなにも反撃できず、ただ顔を熱くして、クラウス様の機嫌をよくさせるだけだった。

それからは行きと同じように、ひたすら馬車に揺られるのみ。

だが、少しだけ予想外なことが起きた。丸一日かかるはずの馬車が予定より早くエルムとの国境を越え、夜が明ける前にシュトランツの屋敷へ到着することになったのだ。

雨を気にして休憩場所をほとんど設けなかったことが大幅な時短に繋がったみたい。結局雨もすぐやんで、足場がぬかるむこともほとんどなく、順調に馬車を走らせることができたのも要因のひとつだろう。

「……着いちゃいましたね」

「ああ。こんな真っ暗闇の中でな」

馬車から降りると、エルムの夜空が私たちの帰りを待っていたかのように迎えてくれた。特別空気が変わったわけではないが、やはりどこか慣れ親しんだエルムの空気をめいっぱい吸い込む。

「ねぇクラウス様。私たち、前もふたりで暗闇の中帰ってきましたよね」

「そうだったな。あの時は出迎えがいたが——さすがにこの時間だと、みんな寝ているな」

「ですね」

人さらいに襲われた時のことを思い出し笑うと、クラウス様もつられて笑った。

そしてシュトランツの屋敷の前で、クラウス様が私の手を取って口を開いた。

「おかえり。シュトランツ家へ」

夜風がクラウス様の前髪を揺らす。

私はその姿を見て、侍女としてここへ来た時のことを思い出した。

朝の爽快な青空の下、私はクラウス様に出迎えられて——この門をくぐった。

この屋敷に勤めるのが嫌で嫌で、クラウス様とは必要以上に関わらないと心に決めていた。私の前で笑うクラウス様が、あの時は悪魔かなにかに見えた。

今は当時と——見える景色も、あなたの笑顔に対しての感情も、なにもかも真逆だけれど。こんな逆転魔法なら、このままかかり続けてもいいと強く思える。

「ねぇユリアーナ。俺たちは婚約者、専属侍女、そして恋人になったわけだけど。最後はやっぱり——」

「はい。妻になるしかないですね？」

「……！」

クラウス様に言われる前に、私から言ってみせる。悪戯っぽく笑う私を見て、クラウス様が私の身体を引き寄せた。

優しいぬくもりの中で、彼の鼓動を感じる。これから一緒に生きていく、愛する人の音を聞きながら、私は思う。

愛するクラウス様のそばにいられて、どうしようもなく幸せだ……って。

——ねぇ、あなたもそうでしょう？　私がユリアーナになる前の、悪役令嬢だったユリアーナ。

HAPPY END

特別書き下ろし番外編

まだ見ぬ未来へ　クラウスside

無事にアトリアへの留学期間を終え、エルムへ帰った俺とユリアーナは、以前と同じ日常に戻ることになった。大きく変わったことといえば――俺たちの関係が〝恋人同士〟になったことだろうか。

昔のように親同士が決めた〝婚約者〟でもなければ、主従関係の〝主人とその専属侍女〟でもなく、互いに愛し合っている〝恋人同士〟。

公爵家の嫡男が侍女と恋愛するなど、身分違いと非難されることが多いだろうが、ユリアーナは元々伯爵令嬢ということもあり、なにしろ元婚約者だったため特例だった。そんなに問題ないと判断し、俺はすぐさま俺たちの関係を公にしようとしたが、ユリアーナに必死に止められた。なぜかと言うと、彼女はこう言った。

『せめて、クラウス様が学園を卒業してからにしてください。そうすれば、私も心置きなく安心してその日を迎えられます』

そのほかにも、『卒業式がエンディングなんだから』とか『破滅回避』とかよくわからないことを呟いていたが、なによりも『念のため！』と言っていた。……なにをそこまで念を入れておかなければならないのか、俺には未だに理解不能だ。

結局、今のところはシュトランツの屋敷の人々と、リーゼ、マシューにだけ俺たちの関係を公表している。エーデル家には、俺たちがいわゆる元さやに戻ったことは、卒業後にふたりで挨拶をしに行く予定だ。

俺の両親はというと、俺がドレーゼ伯爵家との商談話を持ち帰ったことで、アトリアで婚約者を探せなかったことは許してくれた。そしてユリアーナとの関係については眉をひそめていたが『彼女が伯爵令嬢に戻るなら』という条件で、今のところは将来を認めてもらっている。

だが、貴族に戻るか侍女を続けるかはユリアーナ自身が決めること。

近々、マリーが商談をまとめにエルムに来ることが決まっている。その時にもっとモリオンのビジネス話を進めて、俺が公爵家を継ぐになんの心配もない男だというのを両親に見せつけてやる。そして、卒業後はもっともっと成長し、ユリアーナが侍女であっても結婚を認めてもらえるような一人前の男になるんだ。

……ついでに、マリーと一緒にコンラートもエルムに来るらしい。べつに嫌なわけではないが、ユリアーナにちょっかいをかけないよう見張っておかないと。まぁ、俺がせずともマリーがその役割を担ってくれる気もするが。

そんなこんなで、ユリアーナとの関係は以上のことを除けば順調に進んでいる——ように見えたが、もうひとつ、見逃せない大きな不満がある。

それは、ユリアーナがキス以上のことをなにもさせてくれないことだ。せっかく想いが通じ合ったのだから、俺としてはもっとユリアーナに触れたいし、触れられたい。彼女のすべてを知りたいし、俺のこともすべて知ってほしい。

だが、ユリアーナはいつもそういう雰囲気になると逃げていく。待ってほしいと言う彼女に、いつまで待てばいいのかと、つい先日情けないながらも聞いてしまった。すると、同じように『せめてクラウス様が卒業するまで』とユリアーナは答えた。

これも念のためなのかと聞けば、そうではないらしい。ただ『心の準備が……』と頬を赤らめて言っていた。そのいじらしい姿が俺をさらに焚きつけることを本人はわかっていない。

一年前までの、俺が引くほどの積極性はどこへ行ったのか。だけどそのままの君だったら、俺はここまでユリアーナに惹かれることはなかっただろう。

……ああ、早く、周囲に君が俺のものだと知らしめたい。そして、ユリアーナともっと先へ進みたい。

卒業が近づくにつれて寂しさを感じていたはずなのに、いつしか俺は、その日を待ち望むようになっていた。そうしてついに――その日はやってきた。

エルム魔法学園、卒業式当日。

先ほど卒業式を終え、現在は卒業パーティーの真っ最中である。昨年でいう学期末パーティーと同じで、今年は自らが卒業生の立場になったため呼び方が変わっているだけ。

……生徒会長としての挨拶とか、後輩に贈る言葉とか、そういった責務をようやく終えて、やっと気楽にパーティーを楽しめる。もちろん――。

「ユリアーナ、お待たせ」

愛するユリアーナと共に。

「クラウス様、お疲れ様です。どうぞ」

「ああ、ありがとう」

専属侍女として会場に同行していたユリアーナが、挨拶回りを終えて戻ってきた俺にグラスを渡してくれた。

「これ、昨年ユリアーナが床に盛大にこぼしたものと同じだな」

グラスの中で揺れる真っ赤なぶどうジュースを眺めて、俺はくすりと笑う。

「え？　あ、たしかに……言われてみれば。もう、思い出させないでください。恥ずかしいです」

当時を思い出してか、ユリアーナは両手を頬に当てて恥じらっている。ぶどうジュースをリーゼにかけようとして、誤って床に転倒した女性と同一人物とはまるで思えない。

「あれから一年経つって……なんだか感慨深いな」

「……ですね。私もそう思います」

あの時のユリアーナは、派手なドレスを着て、化粧をして、人工的な香りを全身に纏わせていた。でも、今目の前にいる彼女は侍女の制服に薄めの化粧。髪の毛から、ほのかにシャンプーの香りが漂うくらい。

「今日は嫉妬してくれないのか？」

「？　なにに対してですか」

「だって一年前の君は、俺がリーゼと話していたら嫉妬を剥き出しにしていただろう。今日はしてくれないのかなって」

リーゼと話すたびにわかりやすく眉間に皺を寄せるユリアーナが、今では懐かしい。からかうように言うと、ユリアーナは胸の前で両手を振って否定する。

「しないです！　……ここまできたら、さすがにもう大丈夫だと思いますし、それに……」

「それに？」

「……信じてますから。クラウス様が、私だけを見てくれてるって」

小さな声でユリアーナはそう言った。俺を見上げて自然と上目遣いになっている彼女の表情はそれはもうかわいくて、ここが大勢人がいるパーティー会場でなかったら、どうにかしていたかもしれない。

「……ユリアーナ」

「……はい」

「ごめん。そんなかわいいこと言われたら我慢できない。キスしていいか？」

「だ、だめです！」

百歩譲ってキスだったのに、それすら断られてしまった。思い切り距離を詰める俺と、あとずさるユリアーナ。一年前までは真逆だった光景を見て、周りはどう感じているのだろうか。

「クラウス様は気づいてないかもしれないけど、さっきから視線が痛くて仕方ないんですから」

「……それは俺だけのせいじゃあない気もするが」

そう言うと、ユリアーナは不思議そうに首を傾げた。侍女服のユリアーナを学園の連中は見慣れていないのだから、あちこちから興味の視線が突き刺さっている。その視線を意識すると、一気に不快感を覚えた。

「ユリアーナ、俺の腕の中に隠れていろ。君をいやらしい目で見ている男子生徒がここにはたくさんいる。危険だ」

「なに言ってるんですか。そんな人いま——」

「ユリアーナ様ぁ～っ！」

ユリアーナが俺の言葉を否定したところで、甲高い声が鳴り響く。

振り返ると、そこには見知った顔の令嬢がふたり立っていた。彼女らは、かつてのユリアーナの取り巻きふたり……。

「あっ……」

ユリアーナも気づいたようで、目をいつもより大きく開けて声をあげた。

「お久しぶりですわユリアーナ様！　……ご立派な侍女になられて。わたくしたち感動しております！」

「せっかくだし、少しお話いたしましょう！　ずっとユリアーナ様に会いたかったんです！」

取り巻きたちの勢いがすごくて、俺は圧倒されてしまった。どうしてか、この三人が並ぶとしっくりくるし、懐かしさでなんともいえない気分にさせられる。

……俺の婚約者という立場にあるユリアーナに媚びを売っているだけの取り巻きと思っていたが、違ったようだな。なぜなら、彼女たちは俺たちが恋仲にあることを知らない。ただ純粋に、ユリアーナとの再会を楽しみたいんだろう。

ユリアーナがちらりと俺に視線を向ける。俺は小さく頷いて、しばらくユリアーナに自由時間を与えることにした。令嬢たちには、「ユリアーナに変な虫がつかないよう見張っておいてほしい」とだけ頼み、俺はグラス片手にマシューとリーゼのもとへ向かった。

「いやぁ、ついに俺たちも卒業だなぁ」

「卒業おめでとうございます。クラウス様、マシュー様」

「はは。それは君もだろう。リーゼ」

いつもの面子と、卒業の乾杯をし談笑に花を咲かせる。

「マシューは本格的に騎士団に入るんだろう？　たまには俺にも剣術を教えてくれよ」

「ああ。任せろ。リーゼは聖女として王宮勤めが決まったんだよな?」

「はい。王都に住まうので、皆さんと距離が近くなって嬉しいです」

俺たち三人は卒業後、誰かが遠くへ行ってしまうなどといったことがないため、これからも会える距離にある。しかし、これまでのように毎日顔を合わせることもなくなるのかと思うと、寂しさを感じた。

「少しよろしいでしょうか」

哀愁に浸っていると、不愉快な声が耳に届く。この声は……エディだ。

「今いいところなんだから邪魔するなよ」

「申し訳ございません。ですが、大事な話かと。特にクラウス様にとっては」

「……俺に?」

眉が勝手にぴくりと動き、俺はエディに視線をやった。

「ユリアーナが男子生徒に囲まれてますよ」

エディはにこにこ笑いながら、会場の隅で男子生徒に囲まれているユリアーナを指さした。俺は思わず手に取っていたグラスを地面に落とし——かけたところで、マシューがナイスキャッチしてくれる。

「あっぶねぇ! おいクラウス、なにして……」

言いかけて、マシューが口ごもる。なぜかはわからないが、きっと今の俺は、とても恐ろしい表情を浮かべているような気がする。

「……生徒会長として、最後の大仕事をやってくるよ。悪い虫は、学園からきっちり排除しておかないとな」

そう言って、俺はユリアーナのところに引き返した。くそ、あの取り巻きたち、きちんと見張っておけと言ったのに！

「ユリアーナ、ただいま」

「あっ……クラウス様」

男子生徒の中にずかずかと割り入って、俺は不安げな顔を浮かべるユリアーナの手を強く握った。

「うちの侍女——いや、俺のユリアーナになにか？」

「え、い、いや……」

「な、なんでもないです！」

俺が戻ってきたことで、男子生徒たちは焦った顔を浮かべて続々とユリアーナから離れていく。

「ありがとうございますクラウス様。なんだか突然集まってきて、一斉に話しかけられて――っ！」

必死に弁解をするユリアーナの唇を、気づけば俺は自分の唇で塞いでいた。

「…………」

不意打ちのキスを終えたユリアーナは、おもしろいほど目を丸くさせ、ぱちくりと何度も瞬きをしている。状況を把握できていないようだ。

「少し静かな場所へ行こうか。ユリアーナ」

俺はユリアーナの耳元でそう囁くと、固まったままの彼女を横抱きにして、静まり返った会場をあとにした。

パーティー会場の大広間近くには、具合の悪くなった者を休ませる休憩部屋が用意されている。俺はその一室にユリアーナを連れて行くと、置いてあるベッドにそのままユリアーナを寝かせた。そしてすぐさま、俺がユリアーナの身体の上に跨ると、音を立ててベッドが軋む。

「あ、あの……クラウス様？　どうしてこんな場所に……」

「どうしてって、君の顔色がよくなかったから。ここならゆっくり休めるかと思って」

「私、どこも悪くはないんですが……ていうか！　さっきのはなんですか！　急にみんなの前でキスするなんてっ……！」

　思い出したように、ユリアーナの顔がカッと赤くなる。

「二度と悪い虫がつかないようにしようと思って。それに、ユリアーナも言ってたじゃないか。俺が卒業したら、周囲に俺たちの関係を公表していいと。俺はさっき卒業したんだから、約束は破っていない」

「言いましたけど、それは卒業パーティーが終わってからの話で……」

「だったらそう言ってくれないと。卒業式を終えた時点で、実質卒業してるんだから」

　揚げ足をとるようで申し訳ないが、事実を述べたままでだ。ユリアーナもわかっているのか、反論はしてこない。まぁ、認識の違いというだけだ。

「それはもうわかりました。でも、この状況がよくわかりません」

　少し目を離しただけであぁなるんだから、こうやって閉じ込めておくしかない。今年は俺が嫉妬する羽目になるなんて、去年は思ってもみなかった。

「そうか。じゃあわからせてあげよう。……俺が嫉妬深いのは、君も知ってるだろう」

　ユリアーナがほかの男に触れられるたび、俺は君が誰のものなのかを改めてわからせるために、こうして独占欲を露わにする。そしてこうなった俺は、君に触れて、愛さずにはいられない。

俺はユリアーナの長い髪を撫でると、顔にかかっていた髪を優しく耳にかけた。そのまま顔を近づけて、ピンク色の唇にキスを落とす。

「ふっ……んっ……」

最初は唇を重ねるだけのキスをして、物足りなさを感じると、ゆっくりとユリアーナの唇を開けてもっと深いところでキスを堪能し始める。そうすると、彼女からなやましげな吐息が漏れて、その色っぽい声が俺の情欲を無意識にかき立てる。

長いキスを終えて目尻に音を立ててキスをすると、次は噛みつくように首筋に吸い付いた。これは追跡魔法とはなんの関係もない、ただの独占欲の証。ユリアーナの白い首筋を見ると、そこへ唇を寄せたくなるのはもはや俺の性癖ともいえる。

俺の痕がちゃんとついたのを確認して顔を上げると、ユリアーナがとろんとした瞳で俺を見つめていた。

「……っ！」

かわいい。かわいすぎる。どうしてユリアーナはこんなにかわいいんだ。あまりに魅力的で、思わず息を呑むほどに。

「好きだ。ユリアーナ。愛してる。誰にも君を見せたくないくらい」

彼女を見るだけで、愛の言葉など幾千も勝手に溢れ出てくる。パーティー中なのも忘れて、俺は欲望に任せてユリアーナの胸元のリボンをほどき、ブラウスのボタンに手をかけた。……ん？　でも、その前に上に着ているワンピースを脱がさないといけないのか？　これまで首筋や胸元にキスをするまでしかしたことがないから、思ったより侍女の制服を脱がすのが面倒で、俺は手間取ってしまう。

「これならドレスのほうがまだ脱がせやすかったか……」

「なに言ってるんですかクラウス様！　パーティー中にこんなこと……！」

俺がぼそりと呟き手を止めると、それを待っていたかのようにユリアーナが左手で胸元を覆い、右手で俺の手首を掴んで制止した。

「……俺がお預けをくらっていたのは、関係の公表ともうひとつあったのを、君も忘れてはいないだろう？」

手首を掴んでいたユリアーナの手のひらに指を絡めて、そのまま手を繋ぐと、手の甲に軽くキスを落とす。

「キスより先は——卒業まで待てばよかったんだよな？」

にやりと笑って上からユリアーナを見下ろせば、ユリアーナはまずいというような表情を浮かべた。

「それも言葉の綾と言いますか……とにかくまだだめです！　待ってください！」

「待てない。もうじゅうぶん待った」

こんなところでする気はもちろんなかったが、さっきのユリアーナがあまりにも誘惑的に映って、理性がいうことをきかなくなっていた。ユリアーナは小さくため息を吐くと、俺の顔をじっと見つめて、繋いだ手を自分の口元へ運んでいく。

そして俺がしたように、俺の手の甲に控えめなキスを落とすと、繋いだ手を解いて下から俺の両頬を包み込んだ。

「今はこれで……我慢してください。無事卒業パーティーを終えて屋敷に帰ったら……クラウス様の好きにしていいですから」

そう言って小さく微笑むユリアーナを見て、どきりと大きく心臓が脈打った。

「……まったく、どこでそんな技を覚えたんだ？」

ここまで言われては、これ以上迫れない。観念した俺を見て、ユリアーナはくすりと笑いをこぼす。

「クラウス様の真似をしただけです」

「そうか。ならいい。……絶対、俺以外にそんなことをするんじゃないぞ。いいな？」

「はい。ご主人様の仰せのままに」

そのまま見つめ合い額を合わせると、どちらからともなく目を閉じてキスをする。

パーティーの喧騒が僅かに部屋まで聞こえてきて、なんだか俺たちだけいけないことをしている気分になった。……なるほど。これが背徳感というやつか。

「クラウス様、大好き」

「……っ。ユリアーナ」

キスをしたあと、ユリアーナが耳元でそんなことを言うものだから、俺は思い切り彼女を抱きしめた。そして飽きることなく、また唇を重ねる。

——俺たちは何度もすれ違って、やっとここまできた。

一年前、ユリアーナの初めての笑顔を見たあの日から……今でもずっと、俺の気持ちは変わらない。そしてこれからも、変わることはない。

あの日、君の笑顔に出会えてよかった。知らない君に出会えてよかった。また君が……俺を好きになってくれて、本当によかった。

愛する人を腕に抱きながら、俺は幸せに満ち溢れている。あとは……屋敷に帰ってからが楽しみだ。まだまだ俺は君を愛し足りないから、覚悟しておくんだな。

これからも絶対に、俺は一生、君のことを離さない。

END

あとがき

瑞希ちこです。このたびは本作をお読みいただき、誠にありがとうございます。
そして皆様のおかげで、こうして二巻を出すことができました～！　めでたい！　ほんっとうに感謝です！

前回より恋愛度もいちゃいちゃ度もアップして、恋敵も登場させることで個人的にもとても楽しく執筆させていただきました。最初の原稿を一か月かからず書き終えたのは、本作が初めてだと思います。それくらい、毎日夢中で物語に浸っていました。

コンラートとマリーも、個人的にはどちらも好きです。コンラートはユリアーナがエルムに帰ってからもしばらくは心の奥底でユリアーナを想っていますが（初恋なので）、そんなコンラートにどうやってマリーはアタックするのか、想像が膨らみます。

いつか、クラウス、コンラート、エディの三人が集まった話も書いてみたいですね。ユリアーナはきっとたじたじで、リーゼやマシューに助けを求めると思います。愛されヒロイン大好きなので、逆ハーレムは大好物です（笑）

残念ながら本作に登場シーンがなかったティハルトですが、彼は後にユリアーナからランの話を聞いて「だからあいつはモテないんだ」と呆れています。そして優しくユリアーナを慰めて、クラウスの怒りを買うまでが安定の流れ……。ランもかっこよくて一途で真面目なので、本当に来世までユリアーナを待っているはずでしょう。

ここからはお礼を！　二作連続カバーイラストを担当してくださった武村先生。今回も素敵なイラストをありがとうございました！　ティムティモは想像よりずっとかわいくて、なによりクラウスのイケメン具合がマシマシになっていて、ユリアーナが羨ましい！と思ってしまうほどでした。

編集担当の須藤様、編集協力の若狭様。こちらも二作連続でたいへんお世話になりました。こうして続刊が出せたのも、おふたりの協力があってこそだと思います。改稿中もおふたりが温かく、時にはおもわず笑ってしまうようなコメントを入れてくださったおかげで、こちらも楽しく作品作りをすることができました！

読者様。クラウスとユリアーナをここまで連れてきてくださり、ありがとうございます。物語を続けられたのは、読んでくださった皆様のおかげです。私から感謝という言葉のギフトを、皆様に贈らせてください。そしてまた、皆様に会えますように！

瑞希ちこ

瑞希ちこ先生への
ファンレターのあて先

〒104-0031
東京都中央区京橋1-3-1
八重洲口大栄ビル7F
スターツ出版株式会社　書籍編集部　気付

瑞希ちこ先生

本書へのご意見をお聞かせください

お買い上げいただき、ありがとうございます。
今後の編集の参考にさせていただきますので、
アンケートにお答えいただければ幸いです。

下記URLまたはQRコードから
アンケートページへお入りください。
https://www.berrys-cafe.jp/static/etc/bb

せっかく侍女になったのに、奉公先が元婚約者（執着系次期公爵）ってどういうことですか～断罪ルートを全力回避したい私の溺愛事情～2

2023年6月10日　初版第1刷発行

著　　者　瑞希ちこ
©Chiko Mizuki 2023

発 行 人　菊地修一

デザイン　カバー　ナルティス
フォーマット　hive & co.,ltd.

校　　正　株式会社鷗来堂

編集協力　若狭泉

編　　集　須藤典子

発 行 所　スターツ出版株式会社
〒104-0031
東京都中央区京橋1-3-1　八重洲口大栄ビル7F
TEL　出版マーケティンググループ　03-6202-0386
（ご注文等に関するお問い合わせ）
URL　https://starts-pub.jp/

印 刷 所　大日本印刷株式会社

Printed in Japan

乱丁・落丁などの不良品はお取替えいたします。
上記出版マーケティンググループまでお問い合わせください。
定価はカバーに記載されています。

ISBN 978-4-8137-1444-6　C0193

ベリーズ文庫 2023年6月発売

『極甘悪魔な御曹司の溺愛は揺るがない【財閥御曹司シリーズ伊達家編】』 滝井みらん・著

失恋OLの愛音は、偶然出会った男性・颯人に慰められる。甘い一夜は思い出にするはずが、姉の身代わりに行った見合いで再会。しかも彼は勤め先の御曹司で!? 強引に愛音との婚約を進める颯人。冷酷なはずの彼の溺愛で愛音は妊娠！ ある誤解から身を引いたのに、パパになった颯人に再び囲われて…。

ISBN 978-4-8137-1439-2／定価737円（本体670円＋税10%）

『エリート脳外科医は想い続けた妻と双子に最愛を注ぐ【ドクター兄弟シリーズ】』 佐倉伊織・著

新米ナースの初音は、幼なじみでエリートドクターの大河と同棲中。しかし、娘と大河を結婚させたい脳外科教授から彼と別れるよう脅される。断れば大河は脳外科医として働けなくなると知り姿を消すも、双子の妊娠が発覚し!? 3年後、再会した彼は初音と子どもたちに惜しみない愛を注ぎはじめて…。

ISBN 978-4-8137-1440-8／定価737円（本体670円＋税10%）

『恋してはいけないエリート御曹司に、契約外の溺愛で抱き満たされました』 未華空央・著

地味OLの里穂子は彼氏にふられて落ち込んでいた。住む場所も失い困っていると、大企業の御曹司・彰人に助けられ、彼の住み込み家政婦として働くことに。そんな中突然、彰人に離婚前提で妻になってほしいと頼まれて…!? 偽りの関係となるはずが、予想外な彼の溺愛に里穂子は身も心も溶かされていき…。

ISBN 978-4-8137-1441-5／定価726円（本体660円＋税10%）

『敏腕外交官は傷心令嬢への昂る愛をもう止められない～最上愛に包まれ身ごもりました～』 宝月なごみ・著

社長令嬢・美来は望まない政略結婚が決められていた。ある日、旅行先でトラブルに合っていたところを、エリート外交官・叶多に偶然再会し助けられる。冷酷な許嫁との結婚に絶望する美来の事情を知った叶多は、独占欲が限界突破。「きみは渡さない、誰にも」――熱い眼差しで、一途な愛を注がれて…!?

ISBN 978-4-8137-1442-2／定価715円（本体650円＋税10%）

『愛してると言わせたい――冷徹御曹司はお見合い妻を10年越しの溺愛で絆す』 藍里まめ・著

ド真面目女子の成美は、母親がもらってきた見合い話をしぶしぶ承諾することに。写真も見せてもらえず当日を迎えると、相手は大企業の御曹司・朝陽だった。彼とは先日あるアクシデントで接触していた成美。まさかの再会に戸惑っていると、朝陽は「ずっと前から好きだ」と溺愛全開で結婚を迫ってきて…!?

ISBN 978-4-8137-1443-9／定価726円（本体660円＋税10%）

ベリーズ文庫 2023年7月発売予定

Now Printing

『今宵、極上で暴君なドクターに甘く娶られます【財閥御曹司シリーズ円城寺家編】』 一ノ瀬千景（いちのせちかげ）・著

医療財閥の御曹司で外科医の柾樹と最悪な出会いをした和葉。ある日、料亭を営む祖父が店で倒れ、偶然居合わせた柾樹に救われる。店の未来を不安に思う和葉に「俺の妻になれ」――突如彼は契約結婚を提案し…⁉　俺様な彼に恋することはないと思っていたのに、柾樹の惜しみない愛に甘く溶かされていき…。

ISBN 978-4-8137-1452-1／予価660円（本体600円＋税10%）

Now Printing

『社長の愛に溺れそうです』 高田（たかだ）ちさき・著

社長秘書の美涼は、結婚を目前にフラれてしまう。結婚できないなら地元で見合いをするという親との約束を守るため、上司である御曹司の要に退職願を提出。すると、「俺と結婚しろ」と突然求婚されて⁉　利害が一致し妻になるも、要の猛溺愛に美涼は抗えなくて…！　4ヵ月連続刊行シリーズ第1弾！

ISBN 978-4-8137-1453-8／予価660円（本体600円＋税10%）

Now Printing

『タイトル未定（外交官×双子シークレットベビー）』 若菜（わかな）モモ・著

会社員の和音は、婚約者の同僚に浮気されて会社も退職。その後、ある目的で向かった旅先でエリート外交官の伊吹と出会う。互いの将来を応援する関係だったのに、紳士な彼の情欲が限界突破！　隅々まで愛し尽くされ幸せを感じるものの、身分差に悩み身を引くことに。しかし帰国後、双子の妊娠が発覚し…⁉

ISBN 978-4-8137-1454-5／予価660円（本体600円＋税10%）

Now Printing

『タイトル未定（呉服店御曹司×契約結婚）』 夏雪（なつゆき）なつめ・著

実家へ帰った紬は、借金取りに絡まれているところを老舗呉服店の御曹司・秋人に助けられ、彼の家へと連れ帰られる。なんと紬の父は3000万円の借金を秋人に肩代わりしてもらう代わりに、ふたりの結婚を認めたという！　愛のない契約結婚だったのに、時折見せる彼の優しさに紬は徐々に惹かれていき…⁉

ISBN 978-4-8137-1455-2／予価660円（本体600円＋税10%）

Now Printing

『俺様外科医と結婚前提お試し同居⁉』 蓮美（はすみ）ちま・著

恋愛経験ゼロの羽海はひょんなことから傍若無人で有名な天才外科医・彗と結婚前提で同居をすることに。お互い興味がなかったはずが、ある日を境に彗の溺愛が加速して…⁉「俺の結婚相手はお前しかいない」――人が変わったように甘すぎる愛情を注ぐ彗。幸せ絶頂のなか羽海はあるトラブルに巻き込まれ…

ISBN 978-4-8137-1456-9／予価660円（本体600円＋税10%）

タイトル、価格等は変更になることがございますのでご了承ください。

ベリーズ文庫 2023年7月発売予定

Now Printing

『鉄の女やめます せっかくループしたので新たな人生は小動物系女子を目指します』 クレイン・著

目覚めるとループしていた元伯爵令嬢のヴィクトリア。冷たい表情から"鉄の女"と呼ばれた前世を生き直そうと、今世はあざとく小動物系女子を目指すことに！　長年恋していた冷徹公爵・レナートの念願の妻になると、彼は黒ウサギ精霊のキーラと共に想定外の猛溺愛でヴィクトリアを底なしに甘やかして…!?

ISBN 978-4-8137-1457-6／予価660円（本体600円＋税10%）

タイトル、価格等は変更になることがございますのでご了承ください。